AF607578

CUENTOS
DE LAS TIERRAS
DE LAS VOCES MUERTAS

Gnomon es una colección de Ediciones Doce Calles
dedicada a textos literarios

EDICIONES DOCE CALLES
Apdo. 270 Aranjuez 28300 (Madrid)
Tel.: (+34) 91 892 2234
www. docecalles.com
docecalles@docecalles.com

ISBN: 978-84-9744-502-3
Depósito legal: M-8090-2025

Impreso en España. *Printed in Spain*

Frans Gris

CUENTOS DE LAS TIERRAS DE LAS VOCES MUERTAS

Gnomon

ÍNDICE

A todos los que fueron acallados

Prólogo

Nuestro mundo parece debatirse, casi desde sus orígenes, en una larga lucha: lo seco emergiendo de lo húmedo, la luz, disipando la oscuridad. Múltiples pueblos han intuido que somos el campo de batalla de fuerzas contrapuestas. Los mapuches creían y así lo transmitían a sus hijos, que, en el origen, existieron dos grandes sierpes, una benéfica Treng-Treng Vilu y otra malvada Kai-Kai Vilu. Treng-Treng era una blanca serpiente de la tierra, Kai-Kai, la oscura dueña de las aguas. Y, según cuentan, hubo un largo combate. Cuando Kai-Kai fue derrotada, lanzó un coletazo furioso y la tierra se desgajó en cientos de pedazos. Así —dicen— nació Chiloé, (Chilwe) archipiélago al sur de Chile continental, el lugar que habitan las gaviotas pequeñas.

Quizá esa guerra exterior sea el reflejo de la que se desarrolla en nosotros mismos, quizá somos nuestros propios ángeles y nuestros airados demonios, seres siempre en riesgo de morir anegados en las aguas oscuras de nuestra mente: el espinoso problema del mal que, inevitablemente, nos habita.

Ese mal, planea sobre estas páginas que vas a abrir, lector, pero es un mal que aparece tratado con una extraña y a veces arcaica belleza.

Nuestro mundo, mortales como somos, es una gran coro de voces muertas. Voces que se transmiten desde los que nos preceden a los que nos siguen. En algunos grupos humanos, la cadena se interrumpe de forma abrupta y no hay oídos que recojan, ni lenguas que repitan.

Como una gran Kai-Kai, viniendo de las aguas, llegó a Chile otra cultura que, a la larga, acabó con la de los que habitaban, desde sus orígenes, las tierras que ellos creían "descubrir". Como si lo anterior no importara. Poniendo a cero el reloj de la Historia.

¿Qué se le puede ofrecer a un muerto? La respuesta es simple: memoria.

Eso ha hecho Frans Gris, poner a cantar, poner a contar de nuevo a los viejos imaginarios de los pueblos que un día vivieron en las tierras de Chile. Y lo ha hecho con una fuerza que parece superar su propia voz. Como si hubiera prestado oídos a un viento antiguo y en su escritura, repitiera los viejos nombres para traerlos de nuevo, en un acto de invocación o de magia, a estos lugares que aún cruzan los gritos de las gaviotas.

Así, dice Gris, paga una deuda. Que su voz sea reconocida como un eco por las voces de las grandes naciones, mapuches, yámanas, onas, que un día habitaron este Fin del Mundo.

Gloria Díez

PRESENTACIÓN

En el crepúsculo de mi vida, voy por los viejos caminos que me conducen a mis bosques, hasta las aguas, a los vientos, a los espacios y tiempos que solo existen en mi memoria.

Dentro de mí, vuelvo a ser el niño sentado de cara al fuego, frente al fogón que ilumina la entrada a la antigua cultura, esa que fui conociendo de la boca de una sabia mujer nacida entre las nieves y los pewen de las montañas del Mapu.

Me reconozco en el vuelo de las grandes aves, en el brillante relámpago de un pez al atardecer, o en el alegre grillar, bajo las hojas, en el borde de la selva. Me veo en las duras epidermis de las gigantescas araucarias y en el fuego frío de las luciérnagas.

Más al sur, en la temible región donde la tierra se disgrega en mil islas y en profundos fiordos, navego en una dalka de cortezas cosidas, al oriente del lugar habitado por gaviotas, que en lengua vernácula es llamado Chilwe. Por esos rumbos, descubro el viento y las aguas primigenias, nacidas de las algas monstruosas y bajo las olas agresivas, los bancos de choros o de esas generosas ostras y el estallar luminoso de los róbalos. Las púas de los erizos, no son más que las lágrimas de las etnias desaparecidas en los primeros años de la colonización. Shono, kaweshkar, alakaluf, yámana, hijos de las nieves y vientos, hermanos de las enormes mareas que, entrando por los fiordos y lamiendo las islas en los canales laberínticos, a la sombra de los hielos, definieron la tremenda geogente que habitó al sur del Fin del Mundo.

Más allá, al Sur del sur, las praderas de la Patagonia, y más aún, pasado el Estrecho, la Terra Australis, Tierra de los Fuegos, Karunkinka, habitada hoy solo por los fantasmas de los aonikenk, las vagamundas almas de los cazadores selk' nam, los espectros de los haush, onas del sur, o los canoeros desaparecidos, disfrazados de europeos por obra y gracia de dioses impuestos y costumbres ajenas.

Bajo la Cruz del Sur, y de cara al viento, que arrastra gemidos y cabellos muertos, levanto la vista para dirigir mi mente hacia la cadena universal, de la que somos cada uno de nosotros eslabones.

Y reconozco en mí, la Imagen de los Padres.

Estos textos, que hoy presento, no pretenden ser testimonios históricos o antropológicos de las culturas mapuche, de la canoera, y mucho menos de las desaparecidas gentes habitantes de Tierra del Fuego. Nada más lejano de la intención inicial que me llevara a escribirlos. Son solo un minúsculo homenaje a estas mujeres, hombres, niños y ancianos que conformaron las naciones fundacionales de nuestro Sur. Desconocidos héroes, en muchos casos asesinados por la mal llamada civilización y por las penurias a las que se les sometió. Habitantes de su propio paraíso, no estaban preparados para soportar las miserias que traían las nuevas creencias, mal entendidas y peor impuestas por los misioneros y las autoridades políticas.

No debo nombrar, por respeto a sus enseñanzas, a ninguno de los que me entregaron sus conocimientos, por ellos llegué a amar profundamente a esta tierra y a los pueblos que la habitaron. Doy las gracias a todas mis Maestras y Maestros, por abrir mis ojos al Saber.

Por último, debo dar las Gracias a los Dioses que me han permitido nacer y vivir en esta Tierra y les pido me sea permitido volver a ser parte de ella tras mi partida.

Frans Gris
Villa Los Troncos, La Cisterna
Santiago de Chile

NAG MAPU

EN EL INICIO, LA TIERRA...

En el Inicio, la Tierra vivía en completa armonía, en equilibrio, con todos los seres que la habitaban. Y toda la tierra era una sola... La Naturaleza y los Pillan cuidaban de esta tranquila y perfecta equidad...—Así hablaba Antürayen, a sus nietos, que, en torno al fogón, escuchaban atentamente a su chachai, mientras la voz de la anciana era enmarcada por el golpear de la lluvia, sobre la paja que cubre la humosa ruka, en el borde de la playa.— Por esos tiempos aún no existía esta isla de Chilwe...todo era una sola tierra... (Una larga chupada a la bombilla...un trocito de queso y algo de tortilla ayudan a recordar...) pues Pillan Treng-Treng Vilu, velaba por la tranquila vida de sus hijos.

Treng-Treng Vilu, como dice su nombre era una serpiente de tierra, muy blanca, que cuidaba las tierras y a sus habitantes. Por las noches, al calor del fogón, Treng-Treng hablaba a los hombres y los preparaba para tiempos malos que, algún día, tendrían que llegar.

En un futuro, decía Treng-Treng, la oscura sierpe de las aguas despertará y tratará de destruir a los habitantes de la tierra y a sus sembradíos y ruka. Insistía la gran Serpiente Blanca que todos los mapuche debían estar preparados para cuando esto sucediera. Y para eso los conminaba a ser cuidadores de la Naturaleza, a respetar el equilibrio de los dones que la Madre Creadora les concedía.

Pero la humanidad no entendía lo que Treng-Treng decía... y los hombres volteaban los grandes árboles y cazaban a los pudü y a los wemul...perseguían a las grandes aves corredoras de la pampa y al l.uan de las cordilleras, solo para sentirse ricos y poderosos. Encendían grandes fuegos para arrasar los bosques y así poder sembrar más de lo que podrían comer... y no compartían sus ganados ni sus cosechas con las viudas, ni los enfermos, ni los niños huérfanos... ¡pobres kulme, cómo sufrían hambre!

(El fuego se comenzaba a cubrir de una ceniza blanca y roja... un pulchen como sangriento... un par de palos de hualle y alegremente se animó el fogón y Antürayen, luego de las chupetadas obligatorias a su mate, prosiguió con la clase. El humo subía en espiras muy azules, contento de escapar al frío, que bramaba con la voz del viento sobre las copas de los árboles...y se deslizaba flotando hacia el agujero en la parte alta del techo de la ruka.)

Los hombres y mujeres del Mapu no cuidaban su Patrimonio que era la Madre Tierra, y el Anciano que habita el cielo, cada día se molestaba más y más... —sigue su relato la abuela— hasta que un día llamó a Kai-Kai Vilu, la enorme Serpiente Negra que vive en las profundidades del mar, y es la dueña de todas las aguas de fluyen por la tierra.

—¿Es muy grande esta culebra chuchu? ¡Debe ser refea! Huyyyyyyyyy qué terrible la culebra, kufepapai.

Pues a Kai-Kai no le gustó que la despertaran de su sueño allá abajo, y furiosa batió su larga y escamada cola. Golpeó las aguas y las hizo subir por las playas y por los cauces de los ríos... (El fuego, que languidece, matiza de cobre el rostro oscuro de Antürayen y le presta un tono de profundo misterio a su voz, que queda temblando entre los horcones de la ruka). Las aguas se agitaron y se elevaron y Kai-Kai Vilu, la sierpe negra de la mar, trató de tragarse a los hombres...y a los animales...

(Los niños cabecean sentados en sus banquitos de madera labrada a hacha, mientras la abuela, ceremoniosamente, saca un papel delgadísimo de una bolsita, toma una pulgarada de tabaco de la misma bolsa y solo con dos de sus dedos, largos y nudosos, y con un par de simples movimientos lía un tosco cigarrillo que luego lame para pegarlo. Cuando termine de fumarlo, desarmará la colilla del pucho, y el sobrante del papel lo pegará con saliva bajo su ojo izquierdo, para evitar así el mal de ojo.)

Pues a Treng-Treng Vilu, no le gustó que la sierpe del mar amenazara sus tierras y la enfrentó. Altanera, fuerte y brava, la atacó en la orilla del mar. La feroz pelea duró meses... tres lunas completas se sucedieron por el cielo mientras las culebras peleaban... la tierra se estremecía... se rasgaron las montañas, subieron las aguas y la lucha no cesaba. Los hombres y animales que eran alcanzados por las aguas que subían, se convertían en peces y bestias marinas, así es como hay los mismos bichos en tierra que en el mar.

La Gran Sierpe de las Tierras levantó los grandes cerros, elevó las codilleras, tratando de salvar a los hombres valientes, a las mujeres trabajadoras, a las serviciales bestias.

(Por un momento las sombras de las manos de Antürayen, al moverse tratando de acentuar el misterio del relato, mostraban en el muro, la lucha de las serpientes...el ambiente que se respiraba en la ruka era de verdad dramático, y ya el fuego casi se apaga, ya estaba casi fría el agua del mate y los ojitos infantiles casi cerrados por el sueño...de pronto la abuela, dejando caer otro trozo de leña al fogón, levanta gran cantidad de chispa, de cenizas y de miedo.)

Los alientos de las culebras enfurecidas levantaron grandes ventarrones, vientos que helaban las siembras, congelaban los lagos...quemaban las pieles de los mapuche... por algunos años la lucha fue pareja. Tanto vencía Treng-Treng, como Kai-Kai Vilu... pero un día, cuando ya los hombres estaban desesperados por esta gran pelea, por estos temblores de tierra, atemorizados frente a las aguas que subían cada día más, rogaron, en un gran NGuillatun, al Anciano que habita las Tierras del Cielo, y le ofrecieron un weke blanco en sacrificio, para que la detuviera.

NGenechen, el Abuelo que habita en el Cielo, paró la batalla, dando la victoria a Treng-Treng Vilu...salvando así a los buenos mapuche. Al ver esto, la Sierpe negra, la señora de las aguas, Kai-Kai Vilu, enojada, iracunda, furiosa, levantó a lo alto su poderosa cola y golpeó en la tierra que se desgajó en cientos de pedazos que fueron rodeados por las aguas...y así nació Chilwe, el lugar que habitan las gaviotas chicas...

(Una larga aspirada al cabo del pitillo, una última chupada a la bombilla, y la abuela Antürayen, Flor del Sol, acomoda a sus nietos y nietas entre cueros de ovejas y los deja dormir entre serpientes que luchan y nacimientos de islas cubiertas de gaviotas.)

SUEÑOS

En el interior del departamento, luminoso y abierto a la carretera que corre diez pisos más abajo, abrigado por una suave chaqueta de lana, sentado frente a la estufa a gas, silenciosa y casi invisible, Juan Bautista Quilaman, relata historias de su juventud, más bien de su infancia, a sus nietos. Estos, molestos por la intromisión del anciano en sus vidas, en especial por tener que dedicarle el tiempo que usan para comunicarse con sus amigos por Internet, se escabullen cada vez que el "viejo loco", como ellos le llaman, comienza con sus cuentos.

Solo Panchito, Pichihuentru (Hombrecito) para su tata, llenándose la boca de frutos del pewen, que el anciano ha traído del sur, abre ojos y oídos a los gestos y palabras del abuelo. Si por descuido o negligencia perdieran alguna palabra o uno solo de los ademanes que las realzan, lo lamentará por mucho tiempo: no podría, cuando les corresponda el turno a él de ser viejo, vanagloriarse frente a sus hijos, y luego frente a sus nietos, de poder comunicar las imágenes de las importantes relaciones que en ese momento su abuelo le refiere.

Llega, suave y amortiguado, hasta la sala de estar, el ruido de los vehículos que pasan por la autopista.

Panchito, disfruta de esos raros momentos de paz en que sus hermanos no hacen atronar el piso con sus discos de rock, y que marcan un espacio de recuperación, para él, de la memoria lejana de su familia.

***

En el interior de la humosa ruka, rodeando con sus manos —cubiertas hasta medio brazo por una capa de piel de l,uan— un viejo mate labrado en plata, en deliciosa amistad con el fuego, que chispea alegre, y sentado en un piso de patas cortísimas, el patriarcal ülmen Kilaman-hau, habla pausadamente de su juventud, más bien de su infancia, a sus nietos. Estos, llenándose la boca de frutos de pewen, abren ojos y oídos a los gestos y palabras del anciano. Si por descuido o negligencia perdieran alguna palabra o uno sólo de los ademanes que las realzan, lo lamentarán por mucho tiempo: no podrían, cuando les corresponda el turno a ellos de ser viejos, vanagloriarse frente a sus hijos, y luego frente a sus nietos, de poder comunicar las imágenes de las importantes relaciones que en ese momento su abuelo les refiere.

Además, siempre existen unas orejitas femeninas, finas y ocultas, atentas a todos estos relatos, que, a su debido tiempo, le darán fama a su dueña, de ser mujer sabia y buena educadora.

Llega, suave y amortiguado, hasta el círculo de oyentes el rodar de las piedras del río, que en estos momentos, por ser anochecer con nieblas, se deja oír.

Todos, en el levo de Kilaman, disfrutan de esos raros momentos de paz, que marcan un espacio de recuperación de fuerzas, en la guerra en las fronteras del Mapu.

Kilaman-chau, con su voz lenta y suave, más parece ronronear que recordar:

—Pian...

...fue por los días en que recolectábamos nuestras comidas por los bosques; los esterillos, raudos, eran nuestros campos de pesca y por los pastos y entre los matorrales, con los duros silbos de las hondas, logramos la justa y acechada caza. Fueron nuestras presas los pequeños pudú, los rápidos l,uan o los apetitosos chiñqe.

—Pian...

Llegó temprano un mensajero ese día; portaba una larga soga con nudos el werken esa mañana. Nueve nudos mostraba la cuerda. El lonko Millapan mandaba a su mensajero, para que este hablara con la voz de Millapagui-lonko.

—Un gran peligro se acerca a nuestra Tierra. —Eso dijo el werken.— Peligro mucho más grande que la invasión de los winka en el norte. Más, aún, que la peste. Más grande que las salidas del mar, después de un terremoto o el tizón de las papas, que las arruina y trae hambre.

En su nombre secreto conocerán el lugar en el que nos reuniremos.

—Desde hoy, en nueve días nos reuniremos. —eran las palabras de la soga a todos nosotros— En el lugar de la pecha gigante, allí nos juntaremos al noveno día, para elegir al gran toki.— Dijo Millapagui-lonko, por boca de su mensajero.

Mi padre, el ülmen Kalfantu nos dijo, cuando llegó el día de marchar:

—El lugar de la pecha gigante está al sur y al oriente de este pitranto Pumalal; por el vado de de Pichikunko. Por ahí se ha de cruzar las aguas del río.

Hoy, por la tarde, irán caminando los hombres de a pie de mi levo, los de caballería montarán mañana temprano y allí nos hallaremos.

Mis konas, los de a caballo serán quince y los infantes diez. Este es un gran lov. —Así nos habló el ülmen Kalfantu, mi padre.

—Pian...

Dijo la voz del lonko Kalfantu, mi padre. —Esta vez han sido llamados todos los aillarewe, los del norte y los del sur; los de la montaña y los del otro lado de la cordillera, los que montan sus caballos en las pampas del oriente.

Vendrán, también, los hombres de la orilla del mar y los de las lagunas y todos los guerreros de los pinos y nosotros los hombres de la guerra; y los de las islas serán avisados, estos se prepararán en sus tierras, que están en medio de las aguas, para defenderlas.

Las ramas de foyke llevaran en sus hojas el aviso de reunión. Untaremos sus hojas sagradas en sangre de ofisha o de l,uan, sólo así los lonko sabrán que se les llama en forma urgente para la guerra.

Las voces de los bosques nos dicen que esta vez no son hombres comunes los invasores; son grandes guerreros llegados de la

España, armados de armas nuevas y mortíferas. Pero nosotros también tenemos nuevas armas y formas nuevas de pelea.

Ya las espadas no penetran nuestras carnes como en el pasado, las corazas de piel de león marino nos protegen. Nuestras largas lanzas hoy llevan punta de hierro y nos protegemos de las fuerzas enemigas en verdaderos fuertes, con empalizadas y fosos, trampas de maderos afilados contra la caballería y pantanos contra la infantería.

Winka que se quede solo, o en la posición final de una columna, será hombre muerto.

Así habló Kalfantu-lonko. Mi padre.

Recuerda Kilaman:

—Pian...

Salimos aquella mañana, al trote corto, después del baño.

—Comeremos durante la marcha.— Había dicho Kuralemu, mi primo, lonko de los hombres de a pie.

Al ponerse el sol veríamos el Lugar de la Pecha Gigante, nosotros los que montábamos. En tierras de Mankewa, en la orilla sur de Kaqtün, el río que baja turbio desde las montañas del oriente, allí estaba el Lugar de la Pecha Gigante.

Al trote de las bestias, viajamos todo el día bajo el calor duro del sol. Nos deteníamos sólo para beber agua o para recoger comida. Al atardecer llegamos a los campos de Makewa; desde allí vimos a los que venían a la reunión.

Hombres de a caballos, hombres de a pie. Todos armados de lanzas, cubiertos los pechos por los petos de cuero endurecido, portando en sus manos los duros garrotes y en la cabeza, y cubriéndoles las caras, las máscaras de piel y los penachos de plumas.

Hombres arreando vacas para la reunión, o algunas ovejas para el sacrificio ritual que se ofrendará a nuestros antepasados, y conseguir así su beneplácito para con esta junta y lograr un resultado feliz. Cientos de lanzas brillando en la sangre del sol poniente y las voces de los kona rompiendo el verde gris del silencioso atardecer.

Poco a poco se va formando el Círculo. Al centro el Rewe. En torno a él, las machis distribuyen, sobre una plataforma de madera, los cántaros de agua lustral para las aspersiones que indica el rito.

Los animales, al balar y mugir, presintiendo su destino de sacrificados, ponen un toque extraño en el ánimo de la concurrencia que rodea el altar oferente.

La machi mayor con una danza, antigua ya cuando llegaron los actuales habitantes de la Tierra, y al ritmo de kultrun y trutruka, inicia las ofrendas a NGenechen, Padre de Todas las Tierras del Cielo, Padre y Madre de los Hombres y Creador de Todo lo Conocido, Anciana-Anciano de los Cielos.

—El Anciano Chau de Todas las Cosas permitirá que esta reunión sea perfecta.— canta la machi.

Al abrir las arterias de las bestias sacrificadas se untan las ramas del sagrado canelo para espejear a los lonko presentes. De entre ellos saldrá el Gran Conductor de la guerra.

Toki que guiará a las Lanzas de la Tierra en contra del invasor.

El Círculo se reúne en torno a la Pecha. Se detienen las palabras y los sonidos, misteriosos, de la música ritual se cierran sobre los hombres.

(Cual el aguilucho se cierne sobre el crío de oveja, se dejó caer el sueño sobre los ojos de Panchito Pichiwentru).

Como las alas del aguilucho se ciernen sobre el crío de oveja, se dejó caer sobre el Círculo, la sombra azul de la luna.

¡¡Kafafan!!

El grito de guerra rasgó el silencio.

Wakiñpanñidol-lonko, se lanzó al centro del Círculo y gritó:

—Muerte al winka...
Mi lanza arde de furia...
Mi pecho se llena de ciega ira...
A matar. A matar.
¡¡Kafafan!!

Los konas, golpeando sus bocas con las manos derechas extendidas, ya inician el horripilante chivateo, el ululante grito de batalla de los hombres de la guerra, que en la noche, se extiende por entre las tropas que, ya borrachas de alcohol y espera, braman sedientas de sangre española.

El ulular guerrero se detiene en el borde del río, avanza por los faldeos de los cerros, baja hasta las arenas grises de la playa y se va a instalar en el alma de los invasores que mal duermen entre las empalizadas de los fuertes fronterizos.

La Muerte está de fiesta y ha elegido a su mensajero:

Wakiñpanñidol-toki, Señor de la Tierra Roja, quién, desde su potro blanco que caracolea bañado en espuma y luna, arenga a los kona:

—Mañana, cuando la luz del sol abra la ciega manta de nubes, la tropa ciñendo su cintura con los chamall, cubiertos los pechos con los petos de cueros marinos, guiados sólo por el hambre de libertad y la sed de sangre invasora, avanzaran al Norte, hasta las tierras de Paikafi-lonko, hasta la Frontera del Gran Río.

Y seremos como las aguas de los ríos en tiempo de los brotes. Seremos como las estrellas en los cielos de las cosechas. Como lluvias en los tiempos de las sombras, seremos.

En tres soles, seremos la Muerte en el campo español.

***

Panchito Pichiwentru, sueña...

La niebla se desgarra en cada walle, en cada quebrada, en cada lanza que espera en la espesura.

Ya sabe. Desde niño se preparó para este día: Cada amanecer corrió, hasta el cansancio, por entre pantanos, bordeando ciénagas y ojos de agua, así se elevó por sobre los demás hombres. Sería el guerrero.

Se arrastró por entre las hierbas, hasta adquirir la fantástica sutileza del puma, fue como la sombra oscura, casi sin cuerpo, de la sierpe o con el silencioso deslizar del pez por las aguas transparentes del estero.

Endureció su cuerpo y el espíritu del Aguilucho le templó la voluntad como el fuego endurece las largas púas de rigni de las lanzas.

Entro el Camino de la Suprema Voluntad para ser un kona.

—Serás llamado Chau, al lograr, dentro de ti, el perfecto equilibrio entre el cuerpo, la voluntad y el alma.

El estado de comprensión de las fuerzas de la Naturaleza que te permitiría hallar tu propio lugar en el Círculo del Cosmos.

El duro tiempo del aprendizaje lo llevó, desde la infancia a la adolescencia, hasta alcanzar los tiempos de acecho y de la flecha certera.

Entre las nieves esperó el nacer del sol y cada amanecida, ya limpio por las aguas del estero o las finas hebras del manto de la lluvia, honró al Señor de las Tierras del Cielos, nuestro Chau.

Desde el nacimiento del gran río bajó, con sus camaradas hasta las ondas saladas del mar. Luego hacia el sur hasta las tierras de lonko Kilapan, su abuelo, entre los pantanos de Pumalal, allí donde la tierra es dulce y placentera bajo el sol.

Hoy debe detener al invasor.

Ninguno winka deberá salvarse. Si alguno huyera volvería, con muchos otros, para destruir y asesinar la Tierra.

Panchito ya es Ñankura, el aguilucho en la roca.

***

Las emplumadas lanzas y las mazas son extensiones de los cuerpos. La selva, madre y hermana, cobija y protege a los guerreros como a recién nacidos. Bajo sus sombras movedizas se dispersa el temor. La Madre Selva es casi una niebla, un vaho, una humareda de valor.

Vaga por el monte un silencio agorero y un leve susurro de voces agazapadas repta bajo la cúpula del ramaje, mientras Ñankura-kona vigila alerta.

Un rozar de hierros, perfumes a cueros pútridos y repugnantes sudores añejos trae la brisa, que cargada de agua, se escabulle, a grandes trancos, por la quebrada.

La Muerte monta a la grupa de la bestia de cada uno de los invasores.

Un ave de mal agüero llama, más allá del bosquecillo de katri, a los invitados de la Muerte y su aviso trágico desata la tensión, derramando desesperanza por entre los que, montados, avanzan, indefensos, por entre la floresta.

Los centinelas, desnudos, silentes, invisibles, han dado la alerta con el grito del piden, alargando la última nota. Esta ligera variación es sólo percibida por los mocetones, que, diluidos en las sombras verdes, esperan que las huestes enemigas comiencen a repechar el campo abierto, que se duerme bajo la lluvia, más abajo del bosque.

Los arcabuceros, bajo sus cascos de hierro y sus petos, apenas pueden moverse entre el barro y ramas rotas que dejan a su paso las caballerías que marchan en descubierta. Las últimas noticias, llegadas desde el sur, hablan de las nuevas estrategias, de ataque y defensa, desarrollada por los guerreros nativos, y los soldados de infantería de los gloriosos ejércitos del Imperio Español ya saben que todas las señales están en su contra. Es su certeza y marchan, agobiados por ella y por el cansancio de las largas marchas de los anteriores días, de cabeza a la celada tendida entre los árboles del bosque que cierran la colina en su parte más alta.

Su jefe también lo sabe, pero eso no sirve de mucho, deben pasar o morir en el intento.

En La Imperial esperan sus refuerzos y su ayuda.

Sigue la línea de caballeros, tensos y ferrados, en ascenso. Los largos fosos, con empalizados de luma, los esperan, cubiertos de hierbas, para desgarrar los vientres de sus cabalgaduras.

Desde los bordes del bosque se elevan pájaros en un vuelo, en espiral, apenas percibido por los invasores. Es la orden de ataque, silenciosa y visible, para la guerrilla mapuche.

Con un largo silbo las piedras rompen los hilos de la mañana lluviosa desatando las hebras de la anciana Muerte entre las tropas invasoras.

Casi no hay respuesta a la carga de las guerrillas mapuche. La pólvora y la lluvia no se hacen buena compañía.

Lanzas y lazos hacen estragos entre los caballeros y los infantes caen ante mazas y las lanzas cortas de los konas.

Sobre la Muerte la lluvia, y bajo todo ello, la tierra que se desdibuja en riachos de sangre.

***

En la sala de estar del departamento, frente a la carretera que corre diez pisos más abajo, Juan Bautista Quilaman, Kilamañke-chau, se ha dormido en la vejez y en el recuerdo.

Apoyado en las piernas de su abuelo, el pequeño Panchito Pichiwentru, Ñankura-Toki, sueña con lanzas rojas y un potro blanco manchado de negro.

En el espejo

Después de cruzar Choroiko, esterillo tranquilo y dulce en verano, ascender por la ribera rojiza y dejar atrás la loma dibujada de coigües, se divisa, imponente, la casa de los Müller. Grande, blanca y crema, semeja una pequeña fortaleza, muy fuera de lugar. Allí, entre la pacífica voz del campo, con sus puertas reforzadas de hierro, las ventanas con cubiertas de madera y mirillas en cruz, más parece un cuartel de ejército de ocupación, que una sencilla casa campesina.

La casona, construida con finas maderas de los bosques que alguna vez formaron el paisaje circundante, es tan acogedora por dentro como amenazadora y poco amigable es por fuera. Su cocina, es, a decir de muchos, la estancia más importante de la casa, allí se reúne la familia y sus invitados a compartir chismes y noticias, al calor de un buen café con crema y küchen, en invierno, o un gran vaso de cerveza casera en verano.

En raras ocasiones, y sólo si la situación así lo exige, los Müller, invitarán a algún retrasado viajero a quedarse en la vieja casona. Todos sabemos la poca disposición que tienen los dueños de casa para alojar y es por eso que tratamos de salir de allí antes del anochecer, para poder llegar a otra casa, donde sí nos ofrecerán una cama tibia y campesina para dormir.

Casi no nos dimos cuenta cuando llegó la noche y con ella un inesperado y no anunciado temporal de travesía que, de acuerdo con mi campero, convertiría al Choroiko en un verdadero torrente mucho antes de que llegáramos a sus orillas. Hablábamos con Hans Müller de las últimas reyertas políticas, cuando Rosa, su mujer, acercó hasta nosotros una nueva jarra de cerveza y trozos de cecina acompañados de pan.

Doña Rosa, se dice, es una india pewenche, raptada de su rewe de muy niña...una guagua.

—Ya no podrá seguiré viaje, don —dijo suavemente y como dejando caer las palabras.— Se vino el aguacero y se tendrá que quedarse. Dormirá en la pieza del fondo, mirevé. Su compaña alojará en el güalpón.— Fue todo lo que le oí decir a doña Rosa ese día.

Muy luego la conversación sobre política languideció y pasamos a las noticias y chismes locales; que tampoco dieron tema para mucho rato. La verdad que, frente al fuego, y acompañado de esa extraordinaria cerveza, uno se pone a cavilar y a buscar verdades y la compañía es más que nada eso: compañía silenciosa y presente.

La madera de hualle da un extraordinario calor y unas lentas llamas doradas. Suben las espiras de humo, se retuercen, vacilan hasta disolverse en una niebla turbia, que de algún modo empaña el espejo, manchado y desvaído, que sobre la repisa de la chimenea muestra su marco de plata de origen indudablemente mapuche. La guarnición, repujada, muestra algunas abolladuras y rasguños y unas extrañas manchas de color café, que yo relaciono, sin motivo, con las pecas que adornan las manos, brazos y cara de Hans, son unas pecas oscuras, alargadas hacia atrás y más anchas adelante, más que pecas parecen salpicaduras de óxido. La luna del espejo, desconchada y sucia (lo único sucio en la casa), apenas refleja las imágenes, dándoles un tono amarillento y desleído como de fotografía antigua.

Su superficie bastante extensa cubre casi por entero la parte superior de la chimenea y refleja el dorado resplandor del fuego... ese fulgor no corresponde a esta escena, está fuera de lugar, al parecer viene desde atrás del cristal o desde su interior mismo. Es un vibrar perlado, opaco, sinuoso, que parece inundar todo el salón hasta hacer desaparecer los límites de este, para obligarlo a ser parte del paisaje, que, tras la acuosa superficie, espera...

Paso a paso, con las puntas del pasto rozándome la cara, avanzo

Percibo el olor de mi amo, escucho su respirar, cauto y pausado, veo sus botas negras, el borde del capote azul, sus piernas flextadas, el brillo dorado de su pelo.

Desde más allá de las altas matas llegan los efluvios lentos y humosos de otro hombre y el perfume delicado y sexual de mujeres, casi niñas, que hablan y ríen al amparo de la ruka.

Mi amo, mientras esconde su fusil bajo las hojas de un helecho, silba largamente, y por entre la ramazón de los coligües se deja ver otra figura más oscura y lerda, cubierta con un poncho negro y blanco, que se recorta a contra el fuego que arde en el fogón de la ruka.

Las aldas de la manta mapuche se arrastran por el pasto y sus grecas se mezclan y separan al ritmo de un caminar pesado, casi soñoliento.

Lleva la cabellera negra y dura atada por un cinto rojo y es tan alto que no percibo su cara.

Llama a mi amo por su nombre con extraño acento...su hablar es agresivo, insultante, gutural.

Los hombres se reúnen bajo la incierta luz del anochecer.

Mi amo, que oculta su cabellera color de luz bajo una gorra galoneada, con visera, se descubre y hace un gesto con ella.

La voz dura y tosca es casi como la que llevo entre mis memorias de siglos, esas que guardara a las orillas del gran río o en los tiempos del hielo.

Mi amo le habla al otro hombre y sé que están hablando de mí.

Los sigo hasta la choza y entramos.

Entre el humo los olores a bestias humanas me golpean duramente, el hedor sólo es suavizado por el aroma de las mujeres y el más suave, a leche rancia, de sus críos, que parlotean y que, al entrar los hombres, se han callado como por temor.

En cuclillas, de cara al fuego, los hombres hablan, y luego una botella pasa de las manos blancas hasta la boca oscura.

Unos papeles son marcados por el hombre de la choza, su piel, al reflejar los cambiantes rojos del fuego adquiere la fijeza de una máscara de reflejos metálico.

Tira hacia atrás las aldas del poncho negro y blanco y bebe un trago de la botella… luego… lían cigarrillos, fuman, y salen al aire de la noche..

De pronto desde entre los árboles largas llamaradas, truenos y aullidos de mujeres y el fuego lamiendo los aleros de la ruka.

Y entre los gritos de los niños y el crepitar del fuego, las claras órdenes: ¡Fuego a discreción…Feuer!!! …a matar… matar

Escapo hacia el bosque.

Mi amo con su pelo color de sol, enloquecido, corre de un lugar a otro y grita fuer fuer! al mismo tiempo que dispara una y otra vez.

Las hembras del hombre del poncho negro callan y sus crías dejan de aullar.

El hombre levanta un hacha, el poncho abierto por los brazos levantado, le dan al mapuche la apariencia de un ave gigantesca… con un alarido de muerte se abalanza sobre quien ha dado órdenes de disparar.

Frente al guerrero indio, mi amo, con su cabellera amarilla flotado al viento de la noche, alza el cañón de la carabina, una estría de fuego lame el caño del arma, y apunta directamente al cinto rojo.

Y dispara.

La cabeza del hombre estalla y una nube de sangre mancha la piel blanca, la barba dorada y los brazos descubiertos, las largas pecas color de óxido que marcan los brazos y la cara de mi amo.

La tremenda explosión me asusta y aúllo escondido entre las matas.

Una lluvia de un algo caliente y rojo me mancha el hombro izquierdo.

Me veo reflejado en el espejo que, translúcido, me devuelve mi imagen, extrañamente ajena, desde la repisa. Sobre las tablas la mancha de cerveza y los trozos de vidrio muestran donde se estrelló mi vaso.

Suben las espiras, se retuercen, vacilan turbias, de algún modo empañan el espejo que, sobre la repisa de la chimenea, revela su marco de plata de origen indudablemente mapuche.

La guarnición muestra algunas extrañas manchas cafés, que relaciono, con las pecas que adornan las manos, brazos y cara de Hans, unas pintas alargadas hacia atrás y más anchas adelante, como salpicaduras de óxido.

La luna del espejo refleja las imágenes con un tono sepia, como de fotografía antigua.

Raykütral

Cierto día, ese día, Raykütral, se despertó con una extraña sensación. Hoy veía al mundo diferente de la forma habitual.

Las aberturas de la paja en el techo de la ruka, que dejaban pasar diminutos rayos de luz, le parecían enormes ojos de pumas blancos que la miraban amenazantes desde un cielo de sombras negras y movedizas. El susurro del viento en los aleros, le sonaba como el reptar de sierpes escurriéndose por entre los pajonales.

Esta mañana sus sentidos le jugaban malas pasadas. Híper sensibilizados, en una suerte de inquietante fiebre, la llenan de escalofríos y sudores pardos.

Se preguntó si estaría enferma. Trató de recordar si en día anterior se había detenido a descansar bajo la sombra de algún mal árbol, de aquellos que producen urticarias y esas lentas manchas rojizas, tan molestas, que erupcionan la piel y para las que el único remedio era mascar hojas de maki.

Intentó acordarse si pisó algún rastro de culebra o si se cruzó con algún brujo.

Todo en vano. Nada de eso había ocurrido.

Y se sintió asustada. Perdida. Y muy sola.

Debería pedir consejos a kufepapai Kalfküllem, la machi. Ella sabría sanarla, con sus oraciones y pócimas extraídas de las plantas secretas que curan el alma y el cuerpo y que la machi manejaba a su antojo... O le daría un buen consejo, pues ya se acercaba el tiempo de su pubertad y sólo la sabiduría de Kalfküllem la podría ayudar en el tremendo trance de dejar de ser niña.

Mientras pensaba en todo lo anterior, sin notarlo, se fue durmiendo y en un estado de duermevela, Flor de Fuego notó que de su camastro se alzaba casi hasta lo alto de la cumbrera del techo y que los diminutos ojos de luz se agrandaban hasta parecer enormes bocas que amenazaban con devorarla. Se sintió fuera de su cuerpo y al mirar hacia abajo se vio recostada en su estrecha yacija. Y no le importó.

Al elevarse y perder su peso y su forma real, adquirió el etéreo e informe volumen del humo al escapar de la ruka. Perdió su cuerpo, pero no su conciencia y así entró en un túnel luminoso, verde y brillante, del color de la selva, al romperse en las copas de los altos robles, la luz del sol poniente en medio del verano. También ella era parte de esa luz.

De pronto, percibió un rumor o más bien fue un impulso, que le hizo sentir su presencia y le pareció oír con oídos que no tenía, una voz clara y profunda, lenta y suave, como el fluir de un río, que decía en su interior:

—Rayen, deberás ser mi machi.

Y vio sin sus ojos, sólo en su conciencia, la brillante luz del Señor de Todas las Tierras del Cielo, que le tocaba la frente con su índice derecho.

Al despertar, pues aquello no podía ser más que un sueño, el ligero dormir del amanecer previo al estado de vigilia, del ser consciente, se dio maña para abrir lentamente los ojos y antes que pudiera ver la luz escuchó las voces que la llamaban.

Se sentó de golpe y pudo darse cuenta que ya no estaba entre los cueros lanudos de su cama: yacía en medio del bosque, sobre un lecho perfumado de hojas de laurel, rodeado de flores y hojarascas.

Rodeada de flores la hallaron sus hermanos y en su frente, una marca roja, como la sombra de un dedo, asomaba entre su renegrido pelo.

NGUILLATUN

Hace ya unos diez soles que se corrió la voz. De roca en roca, de un pez a un pájaro, desde el reflejo de una gota de agua al ojo turbio de un puma emboscado, desde los bosques a las laderas de los montes y esa voz, de bosques y lluvia, dijo que en el lugar de la Piedra Rojiza nos reuniremos, a fines de la temporada de las cosechas, para agradecer al Señor de Todo lo Creado, por la riqueza de lo recolectado y la suavidad de los soles, lo que nos permitirá sobrevivir al duro tiempo de las sombras y los fríos.

Desde todos los puntos de la Mapu han estado llegando hombres, mujeres y niños. Ancianos y jóvenes. Toki y kona montan sus potros de guerra. Los ropajes manifiestan la importancia de la reunión y sus atuendos, penachos guerreros y el enjaezado de los caballos, recargados de platería, muestran la riqueza de sus propietarios y la importancia de estos en el orden social del aillarewe.

En el claro del bosque de walles llamado el lugar de la Piedra Rojiza, larga pampa de pasto y brisas lentas, escondida por el bosque, en medio de su llano, se plantó el Rewe, escala sagrada tallada en un largo tronco, por la que la Machi subirá hasta entrar en contacto, por medio del sopor místico, con el Rey de las Tierras del Cielo; para hacer llegar hasta Él, la letanía, lenta, secreta de mil años, llegada desde más allá de las cumbres.

Por el camino de las nieves vino del Oriente, mezclado a las palabras indescifrables de los puelches, aquellos hombres, pequeños y salvajes, llegados de la pampa y del viento, que entraron en las alas de la muerte y la dominación desde la marea verde de pasto, que se extiende entre el océano oriental y la cordillera de volcanes y azules cumbres, ese es el lugar desde donde vinieron las lejanas voces que los antepasados no conocieron y que nosotros no entendemos, pero cantamos al Señor de Todas las Tierras.

O-Oomm. O om Oomm. Om. Po-omm-om.

Am-pu-am. Pu-am. Am.

De cara al sol naciente, después del baño ritual en las aguas del estero, la Machi repite una y otra vez el largo himno, secreto y místico:

O-Om. O om. Po-omm. Oom.

Am-pu-am. Pu-am. Am.

El arcano cántico le habla a las almas de los se fueron. A las Venerables almas de aquellos que viajaron hasta la Isla de los Muertos o a las que habitan dentro de los volcanes.

El viento que bate, lento, los paños azules, blancos y amarillos, representación de los colores de Todas las Tierras del Cielo, y que rodean, junto al canelo y al maki, lo alto de la escala mística, nos trae voces, de hombres y bestias que bajan desde los montes o suben desde el río. Hemos encendido, temprano, el fuego donde se asarán las carnes de los sacrificios y sus espiras fragantes, se pueden observar desde los lejanos confines del aillarewe. Así sabrán todos mis hermanos que, agradecidos de NGenechen, Señor de todos los Hombres, hoy sacrificaremos sólo animales, escogidos entre los mejores, de color blanco.

El frío aire de la mañana, se parte al golpe del ululante sonar de la trutruka y por el filo estridente de la pifülka. Bajo las enramadas, las mujeres, que se mueven rápidas, como morenas nutrias o nerviosas crías de l.uan, cargan en sus caderas cántaros con mudai o pulku, o tienden los delgados trozos de carne al viento de la madrugada.

Ya los kona han montado sus fieros potros de guerra y enarbolan las lanzas de koliwe. El chivateo, antes para infundir temor en los enemigos, hoy es para espantar a los malos espíritus que se puedan esconder entre las sombras, las piedras, u ocultarse bajo la apariencia de un árbol o un zorro cojo. A un grito del ngenpin, los guerreros golpean sus bocas con la palma de la mano derecha a la vez que imitan el rugir del río en la creciente, hasta producir el efecto de un trueno, que desde la lejanía se dejara caer sobre la pampa; las lanzas en ristre, los caballos ansiando el fuego del galope, patean el suelo levantando pequeños surtidores de polvo y perfumes a sudor y furia.

Al frente, en una lanza emplumada, el gran paño azul, en su centro, la estrella blanca de ocho brazos y el largo ulular de los guerreros, que casi desnudos, con sus máscaras y pinturas rituales y los penachos de plumas rodeándoles las frentes, arrancan al galope y giran en torno a las empalizadas que protegen las enramadas. En los frentes de estas, los Ülmen de los distintos levos asisten, impávidos, al despliegue gallardo y aterrador de los guerreros que, a todo galope, giran hasta completar un semicírculo en torno al gran recinto del NGuillatun.

Entre relinchos y un torbellino de polvo se detiene la bravía cabalgata. Con un violento golpe de rodillas son vueltos los potros y en un estallido de vida, brusco y tremendo, las bestias, los dioses y los hombres buscan malos genios del boscaje, en sentido contrario.

Y por entre el bramar de los mocetones y el golpear de los cascos en la tierra huyen espantados los demonios negros de la floresta.

Es la trilla para el Rewe y sus ofrendas. Para el Señor de la Tierra y para los espíritus que habitan los volcanes. Es el inicio de la rogativa y el fin de la época del comer y la buena vida.

Desde más abajo de Lonkoche, al otro lado de la sierra, vinieron los bailarines; un trarilonko, decorado con cuentecillas de piedra pulida y plumas, les ciñe las frentes, el largo poncho sobre los hombros imita las alas de los treiles, debajo sólo el chiripá pampero o el chamall de los Hombres de la Tierra; sus pies, desnudos portan cascabeles que resuenan con cada golpe de los pies en el suelo duro.

Por entre los movimientos circulares y casi entrecortados de los bailarines, surge, como desde las profundidades de los tiempos la figura herética y mágica de la Machi. Los ojos extraviados, la faz pálida y dura, los movimientos pendulares hacia uno y otro lado, indican su cercanía con el Señor del Cielo. Su mano derecho golpea, con un único palillo, al mismo ritmo pendular de su cuerpo, el Kultrun: representación mínima del Universo. Danzará por entre los cántaros sagrados hasta ascender a la plataforma del Rewe y allí, ajena a todo que no sea el soliloquio con el Amo de los Hombres, bailará y rogará.

O-om-po-om. Om-po-omm.

Am-pu-am. Pu-am. Am. Pu-am.

Hay en los aires un halo de misterio, un rezago de tiempos anteriores a las formas nuevas del decir, es como una sombra luminosa ascendiendo desde las fuerzas profundas del suelo hasta la raíz del Hombre de la Tierra. Un indefinible silencio, enmarañado de voces y reminiscentes rugidos. Es un atisbo de la otra Tierra, de aquella que está más allá de las nubes. Hemos vuelto, por un infinitesimal momento al inicio de los Hombres, al tiempo de la gran inundación, al comienzo de la Tierra-Madre.

La danza de los hombres-treiles se ha detenido. Un golpear de sonido, rápido como el caer de las lluvias en el tiempo de las sombras, acelera el bailar de la Machi, su pendular se hace más y más rápido, gira cada vez más ligero cortando sus pasos para mantener el ritmo del cuerpo, el Kultrun, en la mano izquierda, retumba como tempestad lejana trayendo desde los antiguos tiempos la fuerza de las rocas, de los volcanes, de las aguas.

En espirales, que se van estrechando, la danza se acerca al centro del espacio ocupado por el Rewe. Trutruka, pifülka y los cascabeles estallan en la mañana para hacer más propicio el mensaje de los hombres al Ser de las Alturas. Con ritmo rápido, girando la cabeza, y dando pequeños saltos, hora en un pie, hora en el otro, sube la Machi hasta la diminuta plataforma del Rewe para dirigir su rogativa a NGenechen, Señor de todas las Tierras de los Cielos, Padre y Madre de los hombres, Amo de lo Creado.

Las libaciones de mudai, hechas por las ayudantes de machi de cara al oriente, son absorbidas por la tierra y desde el alto del Rewe sube la voz ronca y casi inaudible de quién tiene la sabiduría y la fuerza para llegar hasta NGenechen. En torno al Rewe han sido muertos los animales de las ofrendas del sacrificio, parte de su sangre se riega en torno al altar, como un voto a la Madre Tierra y una fórmula secreta para evitar la bajada hasta los suelos del Señor del Cielo.

El adormecedor himno, de ofrenda y ruego, sube en lentas columnas, se enreda en las alas de los vientos, se alza hasta el campo de las nubes para dispersarse por los dominios del Creador de Todos Los Hombres. Luego, se acelera el golpear de los Kultrun, el ritmo de las trutruka y pifülka indican un cambio en la faena de la Machi. Con un largo grito esta cae desde lo alto de la plataforma y es recibida por los hombres-treiles que con sus ponchos amortiguan el golpe de la oficiante al tocar el suelo.

El hombre de la palabra, a viva voz, nos llama a participar del ritual del gniachi, sangre de las bestias sacrificadas. Juntos beberemos mudai y compartiremos la carne asada de los sacrificios. Luego al mediar la tarde iniciaremos nuestras propias fiestas. Cada familia o lev, con sus invitados y amigos celebrarán la rogativa con pequeñas libaciones de pulku dedicadas a los Pillan, a las Am de los ya idos y al Mapu.

Mañana, cada uno de los levos, con su Ülmen a la cabeza de las familias, marchará hacia sus tierras para prepararse a pasar los duros días del tiempo de las sombras y del hambre.

A la sombra del viejo Rewe

Amanece.

Desde todos los sectores del bosque han estado llegando, a largos pasos, hombres, mujeres y niños, para reunirse ante el viejo rewe.

Desde una oscura edad ya olvidada, cada cambio de sol, se juntan para honran a NGenechen y pedir su protección durante la larga noche que se acerca.

Por los días en que el frío reinaba por sobre los bosques y las grandes bestias se enseñoreaban de la tierra, aterrorizándola por medio de colmillos del largo de un palmo, ya se hallaba ahí el viejo rewe labrado en un solo tronco de un canelo centenario.

Entre las edades se perdió la memoria de aquellos que lo esculpieron para venerar a las antiquísimas divinidades venidas de los bosques de las heladas tierras del norte.

Los ancianos elevaban, a las alturas azules, sus indescifrables cánticos de alabanza a las fuerzas generadoras de vida, a las que hay que mantener alejadas de la tierra por medio de la sangre, la más de las veces, de pequeños animales propicios que la comunidad ofrendaba; pero en los días en que las potencias de los cielos, o de las profundidades de la Tierra, mostraban su ira ante los indefensos humanos, desatando las furias incontrolables de la naturaleza, sólo la sangre humana podía mantener a raya, y en su lugar de origen, al Ser que habita el Cielo.

En esos momentos los taumaturgos, los machis, salían de cacería secreta por los bosques, y acechaban por entre los matorrales o los troncos de los árboles, a cualquier pequeño humano que se hubiera alejado de sus padres.

Luego, allí bajo el rewe, de frente al naciente, instantes antes de la salida del sol, se derramaba la sangre fresca y roja que complacería a la divinidad, calmando su ira e impidiendo su bajada a la tierra.

Esos días del año en que la noche es tan larga como el día, eran las ocasiones obligadas en las que más de un pequeñuelo se perdía y sus padres ya jamás volvían a verlo.

Ni el tiempo de los martirios, cuando aparecieron los guerreros de la Cruz y la Espada, desde las tierras del norte, para atacar los levos, quemar los sembrados, asesinar a los viejos y violar doncellas, logró matar en la memoria de los habitantes del Mapu a las viejas creencias.

Los caballeros de la Cruz, avanzaron por los bosques y los pequeños llanos con sus humosas teas en busca de los machis y arrastrarlos hasta sus templos, donde en medio de aspersiones y conjuros trataban de convertirlos a su fatídica fe.

Fueron asesinados entre largos aullidos de dolor y furia mientras sus victimarios pretendían insuflarles el aliento de un supuesto dios, único y misericordioso, que para manifestarse en toda la grandeza de su piedad los llevaba hasta la locura por medio del dolor.

Este nuevo dios permitió abrir los vientres fértiles, arrancar desde los campos las simientes y robar a los niños para que por medio del rezar y el servir, lograran conocer a su señor y así entrar en el reino de los cielos.

Fue así que, por medio de la búsqueda obligada del camino del dios asesino, los hombres conocieron las mil sutilezas de la muerte lenta y de la esclavitud.

Por eso cada atardecer, se derraman por los campos, ahora sin árboles, las notas silenciosas de los cánticos antiguos, el ulular tétrico de las trutruka, el monocorde golpear de los kultrun.

Cada tarde, a las seis, poco después del toque de ángelus, se deja escuchar como un pedido de auxilio desde la vieja capilla (más que capilla semeja un unicornio espectral que pace por entre las nieblas vespertinas), el doloroso tañer de la campana.

En cada crepúsculo, después de la señal de las campanadas, percibe, más que oye, como las voces del boque la llaman y lucha contra ese llamado pues sus padres le prohíben salir de la casa al atardecer y sola.

Se levanta el pelo en un intento por escuchar.

No entiende el extraño y gutural sonido de las palabras, pero sabe que hay en ellas misteriosas promesas; es como si lo supiera desde siempre pero no pudiera definirlo, es casi una orden dada directamente a su conciencia o más bien a su inconsciencia.

Es un murmullo, que viniendo desde las profundidades de su mente, se arrastra como un gran gusano que se desliza hasta su boca en donde se hacen sonidos que no conoce, pero que resuenan en sus labios apretados y la llenan de gozo y miedo.

En estos extraños instantes se ve, de cara a la luna llena, con una tiara de flores frescas, avanzar erguida hacia el rewe mojado que fluye lento y limoso desde el cielo.

El perfume, pegadizo y húmedo, del bosque la asusta y no sabe definir su terror. Lo que sí entiende es que algo no está bien, pero, no puede evitar estar en ese lugar.

Hoy es el primer día de primavera, es uno de los días en que la luz dura tanto como las tinieblas. Es el día en que cumple trece años. El llamado hoy es más fuerte. Casi inaguantable.

Este amanecer, a diferencia de otros, un perfume a humo penetra por los resquicios del techo y fluye lento hasta envolver a la pequeña Rayen que se evade de la casa y se pierde por el sendero que, bordeando el pequeño lago, lleva hasta el lugar del rewe escondido desde inmemoriales tiempos, en donde (se dice), se reúnen los espíritus de los Antiguos.

Un vientecillo, tímido y tibio, se ajusta a la falda escocesa de Rayen, que camina sin saber por qué o para qué.

Casi corre, sus pies desnudos golpean diminutas piedras o ramillas que la hieren, pero ella no se da cuenta que sus piernas sangran por cien rasguños o que pisa aguas lodosas y heladas.

...Ella se abre al bosque que bajo un cielo lento y opaco inicia la danza del viento de la media noche.

Los árboles mecen sus ramas que semejan largos dedos oscuros, Rayen camina erguida y viste como una novia y su cabellera va florida. Las diminutas y perfumadas flores de los matorrales le ciñen las sienes, mareándola, con sus aromas adormecedores. Desde la tierra manchada de ocres oscuros se elevan los efluvios de viejos árboles.

Más allá, a contra luz, se destacan, difuminadas, las siluetas, de largas vestiduras, en torno al Rewe.

Lentos buscan el cielo los humos. Sus espiras azules y perfumadas por las más finas grasas acompañan los cánticos; la música, los rítmicos sonidos, ancestrales y secretos, monótonos, adormecedores; que se dejan oír en las frías noches de invierno, por el campo.

Los himnos se deslizan por entre los matorrales, reptan sorteando oscuras piedras y formaciones rocosas de caprichosas líneas hasta encontrar algún oído, que, desvelado ante la fría luz de la luna, adivina más que oye los lejanos cantos de loor a la Divinidad que jamás fuera olvidada del todo.

(Un olor a cieno, a largas edades perdidas en la memoria o guardada en el arcón de la subconsciencia; a bestias y guerreros cubiertos de mallas y aceros; olor a simientes putrefactas y bosques quemados.)

Un perfume a muerte y a tiempo.

Rayen, camina con la fijeza de los que se hallan en trance. Sólo mira en frente suyo sin ver las siluetas que se mueven, mimetizadas, en las sombras del borde de la selva.

Los ramajes parecen alegrarse, una irreal satisfacción invade al bosque, que deja oír murmullos de alegría y complacencia, y parece entonar melodías de perversa santidad.

A los pies de Rayen, se perciben fugas y escapes de seres sin extremidades ni ojos. Ciegos entes escapan al conjuro de la claridad que emana de los guerreros montados.

Algo, como pájaros de la oscuridad en fuga, rozan las mejillas de la muchacha.

Ha llegado al borde del bosque.

Las figuras se alejan, impalpables, inasibles. Son nieblas de niebla, livianas sombras desplazándose a impulsos de arcanos y maléficos influjos.

Flota en el aire el dulzón olor al miedo.

Y Rayen abre la boca tratando de gritar: su garganta no puede emitir sonido alguno.

Corre y sus piernas parecen ser parte de otro cuerpo o estar ajenas a las órdenes de su cerebro. Sus ojos se desorbitan tratando de ver, de distinguir, sólo percibe sombras danzando en torno a nebulosas opacas y apenas translúcidas. No oye más que murmullos, obscenas carcajadas, burlonas y siniestras.

Rayen, en su lengua, distingue el sabor salado de algo que pudiera ser sangre o lágrimas.

...La selva se abre a la soledad del tiempo, a los interminables círculos de las edades idas y de las memorias; el bosque se abre a la curvatura del inicio del bosque como cuando el Anciano de las Alturas era respetado y adorado por los humanos.

Hoy la selva no existe.

Rayen viste los ropajes de hoy y una tiara de flores le ciñe la frente.

de cara al sol naciente la joven machi, ya iniciada en los secretos oficios, eleva una larga oración desde el oriente una larga espada de luz toca la frente y Rayen sabe.

Hoy sólo se destaca, contra el gris del cielo el viejo rewe. Los negros troncos de algunos árboles, los últimos. Los otros, la selva, el gran bosque, han sido destruidos para dejar paso a lo que los humanos llamaban progreso.

Ñankura, aguilucho en la roca

Mis ojos han visto palidecer la luna. El Largo Río del Cielo ya casi se ha disuelto en la nubosidad del alba y al oriente una luminiscencia rojiza avanza un atisbo de la alborada. Por entre los largos y ásperos tallos de las nalkas, he estado subiendo por la escarpada ladera del poniente, sorteando sus espinas y enormes hojas, hasta alcanzar lo más alto y solitario del risco. Aquí, bajo mis pies, se despeña la niebla de la cascada; el agua, que cae semejando un vertedero de hielo vivo y vibrante, es un frío y largo paño que me limpiará de los sentimientos humanos y de los dolores de este cuerpo, lo dejarán limpio y vacío de cualquier cosa que no sea el deseo de recibir en él, la fuerza que emana de lo creado por el Señor de Todos los Hombres.

Ya limpio mi cuerpo en el agua que nace de las nieves, asciendo a lo alto de la cima del monte del Ñanku. Una roca limpia y plana me sirve de plataforma; en torno a mí sólo aire; allá abajo, en el valle, verde oscuro, casi negro, el bosque. Después del río, las espiras azules de los fuegos de las ruka y el ir y venir de mi gente.

Aquí arriba, yo, sólo con mi Hombre interior. Y el sol, asomando por las crestas de la cordillera, intenta dar la batalla de cada día al viento, de inicios del tiempo frío, que me lame las espaldas con su lengua de felino helado. Y soy sólo un hombre a la espera de las voces del Amo de las Tierras de los Cielos.

He formado un círculo, en torno a mí, con pequeñas piedras que me entregara Melipan-chau, el maestro, ayer tarde. Las piedras, que reflejan los primeros rayos, son azules. Ellas y mi hermano el Águila, venido desde las lejanas Tierras Azules, me protegerán cuando, abandonado mi cuerpo, viaje por las Tierras de más Allá de los Cielos.

Enciendo un lento fuego de ramillas del árbol sagrado de mi gente. Su aroma, áspero y picante, sube hasta mí, rodeando mi cabeza. Su calor entra en mi cuerpo y me hace cada vez más liviano y débil.

Como un gran rayo verde ha nacido el sol detrás del volcán Llaima; las nieves, que jamás lo dejan, se colorean de una traslúcida tonalidad de verde, como el agua poco profunda de las lagunas escondidas por los bosques.

Arde el círculo de fuego en rojizos de aguasangre para dorarse en brasas.

El brillante disco del sol, ojo de puma gigantesco y severo, me ha deslumbrado y ronda mi frente, mis hombros, mi pecho y mis piernas y es un torbellino de luz y de colores.

Al poniente, las grandes nubes blancas se detienen en los bordes de las montañas cercanas al mar. Vienen desde la Isla en donde las almas de mis antepasados descansan, luego del largo y duro viaje por la vida.

Y desde muy dentro de mi espíritu nace mi llamado:

—Mis respetados Pillan, dadores de mi estirpe, a ustedes que duermen en el perfecto cono de los volcanes. Antiquísimos padres. Heroicos abuelos. Antecesores del nombre del Águila y de la impasible solidez de la roca. Salud.

No os avergoncéis de mi pobre cubierta corporal. Seré digno de mi nombre, que es el vuestro. Alzaré mis ojos hasta el sol. Y luego bajaré hasta los misterios del mundo de las sombras y el silencio. Iré hasta las tierras subterráneas y traeré sus secretos.

Heroicos padres, cededme vuestra fuerza y valor en el combate. Dad la sabiduría a mi palabra y la serenidad a mi ademán. Prestad vuestra límpida resonancia a mi voz, para que sea tranquila y reflexiva en los parlamentos. Y en la larga muerte de los tiempos del hambre conceded la esperanza a mi espíritu.

No avergoncéis vuestros corazones.

He aquí vuestro hijo Ñankura que os saluda. Sombras de mis antepasados, reconoced vuestra sangre en la mía. Esta llama de fuerza y heroísmo que me habéis legado arde en mí, Habitantes de los Fuegos, Padres míos. La mantendré ardiendo, con la fuerza del Águila y con la dureza de la Roca, en el firme vuelo de mi nombre cuando viaje por las sombras de los mundos subterráneos.

Ñanku, mi alado hermano, él que domina el aire, se abate sobre mí. Su largo chillido hiere el día, como una lanza con punta de piedra que hiere un cuerpo. Lentamente flota sobre mi cuerpo y su sombra trae valor y fuerza a mi espíritu. Escapo en pos de mi hermano alado y en ligeros giros me sumerjo en el mar de aire, hasta llegar al borde de las Tierras Azules habitadas por el Señor de lo Creado.

Mi cuerpo, sobre la roca, no es más que otra roca allí en la montaña. En torno a él sólo aire. Más abajo el río, las espiras del humo de las ruka y mi gente moviéndose en sus afanes.

Yo soy sólo un hálito, un remolino en la brisa, un largo suspiro de humo en el viento azul.

Grandes bestias doradas, oscuras, brillando al sol de la tarde. Enormes rukas y hombres de cabellos rojos y amarillos, cavando las largas fosas de mis gentes. Bajo sus cruces, el silencio roto por los cánticos fúnebres de la Mapu y su pueblo. Giro en un torbellino de luces y para escalar los picachos trasparentes, que son como agua de lago de montaña, abro mis alas. Las cascadas de duros hielos enfrían los aires y grandes piedras cubren mis tierras. Hay sucios animales rugiendo entre las piedras y sobre ellas las aves negras buscan. Me acechan fauces sedientas de mi sangre. Y vuelo. Soy poco más que nada, un reflejo de pez en el río, un paso de felino entre el ramaje, el golpe certero de la garza.

Caigo, en una espiral cada vez más estrecha, hasta las regiones oscuras de las Tierras Subterráneas y las de las creaturas de la noche me dan caza. Por entre las aristas duras de la piedra me escabullo hasta entrar en las Tierras de las Sombras, en las largas cavernas que corren a los largos campos de Pillanlelfün. Sólo animados espectros reinan en los fatídicos pasadizos de negrura. Nebulosas formas reptan sobre mi cabeza, por mis piernas se deslizan largas y sinuosas nieblas, ásperas y frías y percibo respirares pútridos; un olor a sangre retenida, a muerte en acecho, a oscuras garras rompiendo arterias, perfuma alientos que adivino. Giran en torno a mí dentadas nieblas, alas y tentáculos de escondidos y nocturnos seres de las aguas turbias que me buscan. Un largo chillido, azul y verde rasga las nieblas y me atrae hasta las la luz amarilla y tibia del sol. Y respiro. Corre por mi piel la luminiscente caricia del día y es como la lluvia de fines de la estación de la cosecha.

El Señor de todo lo creado abre sus ojos para verme. Y sobre la roca, solitario soy El Hombre y El Niño y El Anciano.

Y soy El Nuevo.

DE CUPNATA

(44º 38' S / 73º 44' O)

AL SUR

La mujer

La dalka, bote o canoa de tablas rasgadas, a lo largo de algún ciprés o alerce, cosidas entre sí con tiras de cuero de lobo marino, navega de popa al viento.

Estas navecillas, calafateados con estopa tomada de la corteza de los gigantes de la selva, los grandes alerces, son características de los archipiélagos. Ellas son, en todos los casos, la única posesión de la Familia, su hogar y su medio de transporte.

A popa, sentada en sus talones, prácticamente desnuda, a grandes tirones, rema la mujer. Entre sus piernas, protegido por la piel que cubre la región púbica de su madre, duerme el hijo nacido, hace, apenas, algunas semanas.

Los otros dos niños y los perros, que son parte importante en este grupo humano, se mantienen en la parte central de la embarcación, cuidando del fuego, de las redes y de las pocas y precarias pertenencias de la Familia.

El padre, a proa, es la imagen, patética y absoluta, del desamparo. Él es el único personaje de esta historia que, al parecer, no tiene un destino definido o definitivo. En el bote es mera figura decorativa, poco más que un mascarón de proa, retostado y salino, avizorando el limitado horizonte. Intenta desentrañar la tragedia de las rompientes, que bulle más allá del borde de las aguas en agitación constante.

Para los siglos de marear, de navegaciones, de rutas y singladuras guardados en la memoria de la raza, los enigmas de los arrecifes, de los vientos de travesía o los secretos de los temporales escapados de los hielos, no son más que incidentes de vida o muerte, que según sea su resultado, será un relato de fogón o, simplemente, restos flotando entre el mar y la playa.

La Familia para procurar su sustento, navega de un atracadero a otro, van de un banco de choros a uno de tacas, luego viajarán, montados en las olas, al lugar secreto donde se crían los locos, para que un día, al parecer cualquiera y obedeciendo a una orden grabada en sus genes, zarpan para reunirse con otras familias, en el Lugar de los Erizos Verdes. Allí compartirán noticias, recordarán a los muertos e intercambiarán jóvenes de ambos sexos y después, ya formadas las nuevas familias, las dalkas se dispersarán por las aguas de los canales y las costas de las islas.

La mujer pesca a mano, recolecta moluscos y cangrejos en las playas, bucea en busca de los apetitosos locos y centollas de largas patas espinosas. La mujer arrastra hasta las arenas las longitudes pardas del cochayuyo o kolloi, alga enorme y nutricia, que sólo se conoce en las costas del Pacífico austral. La mujer complementa esta dieta, suculentamente submarina, con papas y cebollas, conseguidas a trueque con los lugareños de tierra, o más bien, de isla adentro. Alguna vez, como algo absolutamente desusado y fuera de toda posibilidad, lograrán cazar algún lobo marino o vavará un cetáceo que les permitirá el gran hartazgo, lo que les resarcirá de años de esa hambre crónica que les corroe desde siempre.

Todo el mundo de la Familia es el mar. Son marítimos más que marinos. Mareros más que marineros.

Allí, entre las islas, donde la lluvia es eterna, poco o nada sirve la ropa de lana o las pieles para protegerse de los fríos y de las aguas. La mujer sólo viste un pequeño delantal de cuero de lobo, lo ha llevado desde la pubertad, y cuando pisa tierra cubre sus hombros una pequeña capa, que baja hasta sus riñones, fabricada rústicamente en la piel de alguna nutria o chungungo. Es toda su vestimenta y abrigo. Además es muy poco lo que se puede cargar en la dalka. Son apenas dos o tres metros de tablas malamente cosidas entre sí.

La mujer rema. Debiera estar ya agotada después de luchar con el mar por más de tres días, los que dura el temporal. No muestra mayor cansancio o desgaste físico, a pesar de haber mal comido sólo un trozo de pescado en la mañana del segundo día y beber un rápido trago de agua en toda la travesía. Apenas llevaban algunas horas navegando cuando estalló la tempestad, que como todas las de este sector del archipiélago no dio aviso, apareció de pronto tras un grupo de nubes e inundó el mar, hasta ese momento quieto y brillante, de olas altísimas y vientos desordenados.

La mujer rema. En contraste con el hombre, que se abandona al fatalismo, pone toda su fuerza y coraje en lo que hace. Comprende, de alguna forma, que ella es el nudo fuerte de esa soga que es su grupo familiar. Hace ya horas que el fuego se ha apagado, los muchachos tiritan, aterrorizados en el fondo de la embarcación y su compañero, de rodillas a proa, es un gemir más entre los gemidos de los perros y los niños. Sólo la mujer y su pequeño niño, recién nacido, no emiten ruido alguno.

Intentaron la travesía desde el gran banco de Choros Negros, que se halla en los límites sur de sus territorios, hasta las rutas, en aguas abiertas, de la navegación comercial, para encontrar el barco caletero, que saben, ha de recoger los sacos de mariscos y pieles que los cazadores y buzos blancos han recolectado, para la Compañía, en los criaderos e islas de los canales.

El hombre ha sentido la necesidad de alcohol y no teme al tremendo viaje y a sus peligros, en esta época del año. Por conseguir una botella de mal aguardiente han dejado en su lugar de origen todo lo que signifique alguna impedimenta. Llevan lo más indispensable.

Allá quedó la madre de la mujer, estaba vieja y ya no tenía dientes, fue abandonada en el bosque o más bien ella, de acuerdo a sus costumbres, se internó sola para no ser una carga. Ese espacio, dejado por ella en la dalka, se usa para cargar cueros de nutria y lobos marinos que cambiaran por bebidas alcohólicas.

La mujer rema. Con decreciente energía ha logrado llevar a la embarcación a las cercanías de una isla que conocen. Parece no sentir los helados rociones de las olas que amenazan con hundir la frágil dalka. Los golpes de agua han roto alguna costura, arrancado trozos de madera de las bordas y cada ola es una nueva descarga de frío y furia marina sobre la familia.

Los dioses secretos de las aguas sólo desean guardarlos en su seno. Este grupo humano, es todo lo que queda después del alcohol, el sarampión y otros males llegados con el blanco. En la dalka navegan los últimos de su raza.

Las olas sobrepasan, por mucho, la cabeza del padre, que ha escuchado, entre el estruendo del viento y el bramar de las olas, un ruido opaco y tremendo, al parecer la rompiente se halla detrás de las masas de agua, que se levantan en frente a la embarcación. El hombre se alza, con esfuerzo, por sobre las cabezas de los otros ocupantes de la dalka, en un vano intento de distinguir la playa y calcular el momento de la entrada en los arrecifes. Como todos los varones de su raza no sabe nadar y le aterroriza el pensar que pueda caer al mar.

Hay un momento exacto para entrar a la boca de la caleta. Sólo el hombre sabrá cuando. Espera la ola y al momento de dar la orden, presiente más que ve, la tremenda masa de agua, que tomando la canoa por la popa, la impulsa con terrible fuerza contra las rocas que esperan a flor de agua.

La mujer rema. Entre las hirvientes espumas el bote se alza por sobre alguna roca; escora fuertemente a babor y el golpe de mar arroja por la desvencijada borda los utensilios de pesca y la carga. El hijo mayor se aferra, desesperado a las manos de su hermano, mientras grita. La mujer rema. Intente proteger, con la embarcación a su hijo, pero otro golpe de agua arranca la tablazón de babor.

Ya casi en la playa una nueva ola revienta sobre la embarcación y la cubre de espumas y algas. Al asomar a la superficie, la mujer levanta a su pequeño y nada, apenas, hasta las arenas. Por allí cerca se escuchan los ladridos de alguno de los perros que, medio ahogado, ha alcanzado la playa.

Un nuevo golpe de mar arroja a la arena el cuerpo de otro perro.

Después nada. Ni remos, ni redes, nada.

Sangre en la pampa

Cuando miró hacia lo alto notó que, luego de la lluvia de la tarde, el sol ya estaba muy a su izquierda, lo suficiente para saber que, en breve, comenzaría a cambiar el viento. Y a caer el crepúsculo. Y cuando esto suceda tendrá que correr.

Temprano, antes de la lluvia, cuando el sol aún estaba sobre sus espaldas los vio.

Las peludas bestias se movían tontamente contra el viento, con rápidas zancadas, yendo y viniendo en torno a algo que la acechadora no lograba distinguir. La distancia era mucha y el reverbero del sol poniente, al golpear contra las hierbas húmedas, que se movían al impulso de la brisa vespertina, se reflejaba en los cientos de miles de gotas de agua que aún se mantenían pese al sol y al viento, distorsionando la visión.

Desde ese momento, cuando los descubrió, hasta ahora, ha pasado casi un día. Tiempo que ha aprovechado para descansar y dormir entre las achaparradas ramas de un calafate, protegido por un grupo de rocas.

Cuando despertó, descubrió el frescor de la lluvia en el aire mojándole la nariz y al mirar hacia lo alto vio que el sol ya estaba escondiéndose a su izquierda.

Al levantarse y estirar sus poderosos músculos, la brisa vespertina sopla sobre su espalda y dispersa su característico olor hasta los que se mueven un poca más acá del riacho, seco a medias, de orillas barrosas y escarpadas, que necesariamente debía cruzar si desea lograr alguna presa.

Con un trote largo y parejo, se dirigió primero hacia su derecha y luego, en un ancho semicírculo, cuyo centro lo marcaba el grupo que acechaba, se puso de frente al viento del crepúsculo que le llenó de extraños olores las dilatadas fosas nasales.

Uno de estos perfumes se destaca: dulzón y fuerte, penetrante. Mezclado al olor de los pastizales húmedos hay un ligero toque de sangre muerta.

En oleadas largas y finas la fresca brisa trajo hasta su nariz efluvios de carroña, de carne que recién comienza a descomponerse.

Se siente extraña.

Curiosa, se acerca, sigilosa, un poco más al grupo.

Desde el largo pasadizo de sombras que las rocas de su derecha proyectan hasta las altas hierbas, directamente en frente a su cabeza, viene un aletear agitado y chasquear de picos.

(Ya hace un rato que los escucha.

Sabe que tiene compañía, peligrosos y poco deseados, éstos no invitados, alados y enormes, que intentarán, por todos los medios, participar de su cacería.

Sabe que le será imposible deshacerse de ellos.

Pero, es parte de lo inevitable.)

Al asomarse la luna, enorme y rosada tras los matorrales que recortan el horizonte, se ha puesto en movimiento.

Con un trote acompasado y rendidor, oculta por los altos coirones, ya casi secos por lo avanzado del verano, llega hasta el borde del delgado hilo de agua, allí los olores son más marcados y el de la muerte se destaca por sobre los demás.

Evitando el agua, salta de piedra en piedra, así no deja huellas en el barro de las orillas.

Ya, entre las hebras del tupido pasto, espera.

Los miembros del grupo han desaparecido, pero sus olores están allí. Y el viento los acerca.

De cuatro largos saltos cruza el espacio que rodea el círculo de rocas y ante una sombra, oscura y apretada contra el suelo, suelta toda la profunda fuerza de su gruñido de caza.

Y cae como un rayo sobre su presa que se debate en estertores, y gemidos de agonía.

Los afilados colmillos de la madre puma desgarran la garganta del guanaco hembra malparida, que sacude sus largas patas mientras una luz ardiente y fina, alargada como la sombra de una serpiente, le abre los ojos, congelando eternamente su mirada.

Y el impalpable polvo ocre de la pampa se bebe, a grandes tragos, toda la sangre de la víctima. Tal cual las crías beberán de sus ubres llenas de leche nueva.

Algunas sombras se desprenden desde la sombra del sol poniente y planean hasta posarse a unos pasos de los despojos.

El festín

Las grandes aves cubren, con sus chillidos, la larga vastedad del ruido amenazador del mar. La plomiza muchedumbre sube y baja, picotea, escarba y traga. Los pájaros acaparan largos trozos de grasa y piel. Rasgan, tiran y se refocilan, en sangrienta y mal oliente algarabía. Han descubierto el paraíso de las aves de presa habitantes del Pacífico Austral: Los restos de un cetáceo, dejados por la horda de indígenas pescadores, que fuera a varar en la playa.

Sucedió hace ya algunos días, durante un temporal varó, entre los peñascos de la playa, un joven cachalote. Y las aves grises lo supieron casi antes de que sucediera. Grandes bandadas de gaviotas, de plumaje blanco y ojos como brasas, revolotearon y picotearon tratando de sacar un pequeño y anticipado trozo del cuerpo aún con vida. Eso fue durante el primer amanecer después del temporal. Algunos skuas, auténticos piratas de los cielos marinos del sur, iniciaron el verdadero ataque, y así dieron aviso a los hombres, que navegaban en sus frágiles embarcaciones al oriente del Peñón de los Lobos, a más de diez millas de allí. Estos, los hombres, silenciosos y de mirada huidiza, con sólo una seña, ordenaron a sus mujeres, que a popa remaban, desnudas y mansas, que viraran de borda y fueron a destazar y acabar con el cuerpo varado.

Las aves del aire, intentaron un ataque en contra de las aves del agua, pero ellas las espantaron y dejando una verdadera guardia en torno al peñón, mantuvieron alejadas a las volantes y frustradas furias...

También vio los movimientos de las gaviotas y los giros rápidos y las picadas de los skuas, el viejo cóndor, habitante de los peñascos, en las estribaciones de los cerros, que, al no poder cazar ya, vive de los desperdicios y sobras. Se elevó hasta su techo más alto, tres mil metros, y desde allí observó la apetitosa escena. Sin considerar que aquellas figuras que se movían en torno al cadáver pudieran ser peligrosas y confiando en sus añosas garras y su amellado pico, se dejó caer desde esa altura.

A trescientos metros del suelo, notó con horror que eran hombres los que pululaban en torno a la carroña. Intentó salir de la picada, con tan mal cálculo, que fue a encontrarse con la bandada de gaviotas, que, al darse de boca con su enemigo, no dudaron en atacarlo con picos y alas. Estaban en ventaja, enorme y concluyente.

El cóndor no intentó defenderse, no había posibilidad alguna, sólo procuró la huida. Confiado en su fuerza y astucia puso en práctica todos sus conocimientos de guerra aérea, pero los años no pasan en vano.

Poca más allá de la línea de las rompientes se estrelló contra una ola que, no sabiendo que en su seno recibía al rey del aire, fue a morir en la playa.

Todo el cuerpo es cara

Jéralwr camina hacia el bosque, acosada por la tormenta.

Va cubierta por un pequeño trozo de piel de nutria, que el viento sur le separa de la espada y lágrimas de sudor se le escurren por la cara pintada de rojo y negro.

Jéralwr siente que el temible frío negro le muerde la piel. Van días y días de toser. Ya ni las medicinas antiguas la calman.

Entre las flemas amarillentas, que escupe tras cada acceso de tos, hay estrías sanguinolentas.

Sobre la sombra de lo que fuera Juana Wellington Jéralwr, la nieve y el graznar de las aves oscuras. Al frente, entre los sombríos árboles, la noche definitiva la espera.

En los tiempos en que Jéralwr aún vivía entre los canales de la Patagonia, y navegaba por ellos en esas frágiles canoas de cortezas, cosidas entre sí con barbas de ballena, llamadas ánan, solo se cubría con un trozo de piel de nutria, que intentaba ocultarle el pubis.

En sus, ya muchos, quince años, ha cambiado de nombre unas tres veces. Éste que ostenta ahora evoca su lugar de nacimiento. Un lugar cercano a Jertartétqual, una bahía abrigada, al noroeste de los canales fueguinos (a ese lugar, con el tiempo, le llamarán Puerto Edén). Lo que quedó de su familia viajó al sur, después de la epidemia de sarampión, y cruzó el estrecho de Magallanes. Ahora vive en la misión cercana a Ushuaia. Viajaron tanto y afrontaron los peligros de la travesía solo porque decían sus primos que los misioneros ingleses "reparten comida a los que se bautizan".

Cada vez que los blancos insistieron en que debe vestirse con ropas occidentales, respondió con lo mismo. —No siento frío: todo el cuerpo es cara.

Para los evangelizadores, el hecho que Jéralwr fuera desnuda, era una gran ofensa al pudor y a los mandamientos de la ley de su dios y así se lo trataron de explicar a la muchacha.

Cada vez que los hermanitos misioneros, y sus esposas, la han instado a usar ropas europeas, Jéralwr, ha respondido lo mismo: "todo el cuerpo es cara" y por lo mismo no necesita cubrirlo. Además se siente muy satisfecha al ver como los predicadores ocultan la mirada cuando sus pechos se balancean cuando corre tras las gallinas.

Para la kaweskar, el dios de los misioneros no significó nada. Sus enseñanzas cargadas de amenazas, de castigos terribles, de fuegos eternos, no representaban mucho, al contrario: Un lugar en donde se está rodeado de hogueras, a Juana Wellington (nombre con el que le han bautizado en la Misión), le parecía más que un castigo, un regalo, ya que desde siempre su gente sabe que el fuego es calor y vida. ¿Y la eternidad? pues no entiende el concepto. Para ella el tiempo está limitado por la duración de la luz, y acaba con la muerte.

La gente blanca insiste en sus doctrinas, que son misteriosas, incomprensibles para la muchacha. No alcanza a comprender aquello de que uno murió por otros y que tres días después volvió a la vida. Si alguien se muere, se muere y su cuerpo se pudre en el bosque, o es comido por los perros, o los peces, o los pájaros. Pero nadie vuelve a vivir. —Piensa Juana.— Tampoco entiende el concepto de "pudor", o de "moral". Claro que frente a la oportunidad de conseguir algo de comida fácil, —deliciosa como es la carne envasada, o la harina de trigo, o frutas en conserva— ¿quién se resiste? Por lo tanto aceptó vestir esos extraños ropajes, ir a la iglesia, o trabajar para las mujeres blancas.

De eso han pasado ya varias lunas.

Nunca soportó la vestimenta europea: El cuello de la blusa raspa bajo la barbilla, la cinta que lo cierra la estrangula. También lleva una larga falda que le cubre toda la pierna hasta la mitad de las pantorrillas y calza unos zapatones enormes, muy pesados, que le impiden sentir la tierra, o escuchar, con la planta desnuda de los pies, el mar cuando navega.

La cabeza, cubierta con un gorro rojo, de punto, la abrasa. Igual le sucede a la piel de las pantorrillas, allí donde le roza el borde de la falda.

Insisten los hermanitos misioneros en que olvide salir de pesca, que deje de comer mariscos o pájaros, ya que no es comida de cristianos, y aún menos la carne media pasada de lobos o ballenas.

La han obligado vestir a todas horas esos andrajos mal olientes y mojados que el mísero fuego de la choza, de zinc y tablones, no termina de secar. Unos vestidos que se empapan de agua salada cada vez que una ola pasa por sobre la canoa y debe soportar largo tiempo bajo el viento helado y la nieve. La misma ropa que se pone mojada cada vez que, desnuda y helada, emerge luego bucear en busca de erizos o arañas de mar y que, en vez de protegerla, la ha estado matando.

Y Juana Jéralwr, se siente infeliz. Sueña, a sus quince años, que ya es toda una mujer y que pronto tendrá hijos, y gobernará su propia ánan, y su toldo se llenará de niños y de perros.

Juana Wellington Jéralwr, como la han anotado en la Biblia de la Misión al ser bautizada, se ha sentado cada tarde, después de la comida del medio día, (carne en tarro, algo de papas y pan de trigo), formando un ruedo en torno a la estufa, con otras mujeres del mar y las de los misioneros, para tratar de aprender a tejer y coser, lo que se le hizo muy fácil... lo ha hecho desde niña. Es experta tejedora de canastos y redes.

Lo que nunca aprendió fue a comer con tenedor y cuchillo, o a tomar té, ese extraño sabor no lo soporta. Le gusta el café con azúcar, o miel. Y el pan con jam, esas mermeladas, tan dulces, que los ingleses le han enseñado a comer.

Tampoco soportó usar esa prenda tan estrecha y molesta, pegada a las nalgas. Decidió no llevar nada debajo de la falda. Es más cómodo para ella. Y lo consideró más higiénico.

De todas las cosas extrañas que suceden en su nueva vida hay algo que le asusta, y esto sí es serio: hace ya más de una luna que tose. Es una tos seca, dura, profunda, que no la deja respirar y menos aún bucear.

Ya ha visto los mismos síntomas en otras de las personas que viven en la Misión.

Largos escalofríos le recorren la espalda, que lleva cubierta con una chaqueta siempre húmeda. Y lo que nunca antes había sufrido, y que es lo peor: la ataca la fiebre, por la tarde.

Jéralwr, camina, hacia el bosque, acosada por la tormenta.

Va cubierta por un pequeño trozo de piel de nutria, que el viento sur le separa de la espada y lágrimas de sudor se le escurren por la cara pintada de rojo y negro.

Jéralwr siente que el temible frío negro le muerde la piel. Van días y días de toser. Ya ni las medicinas antiguas la calman.

Entre las flemas amarillentas que escupe tras cada acceso de tos, hay estrías sanguinolentas.

Sobre la sombra de lo que fuera Juana Wellington Jéralwr, la nieve y el graznar de las aves oscuras. Al frente de ella, entre los sombríos árboles, la noche definitiva la espera.

KARUNKINKA

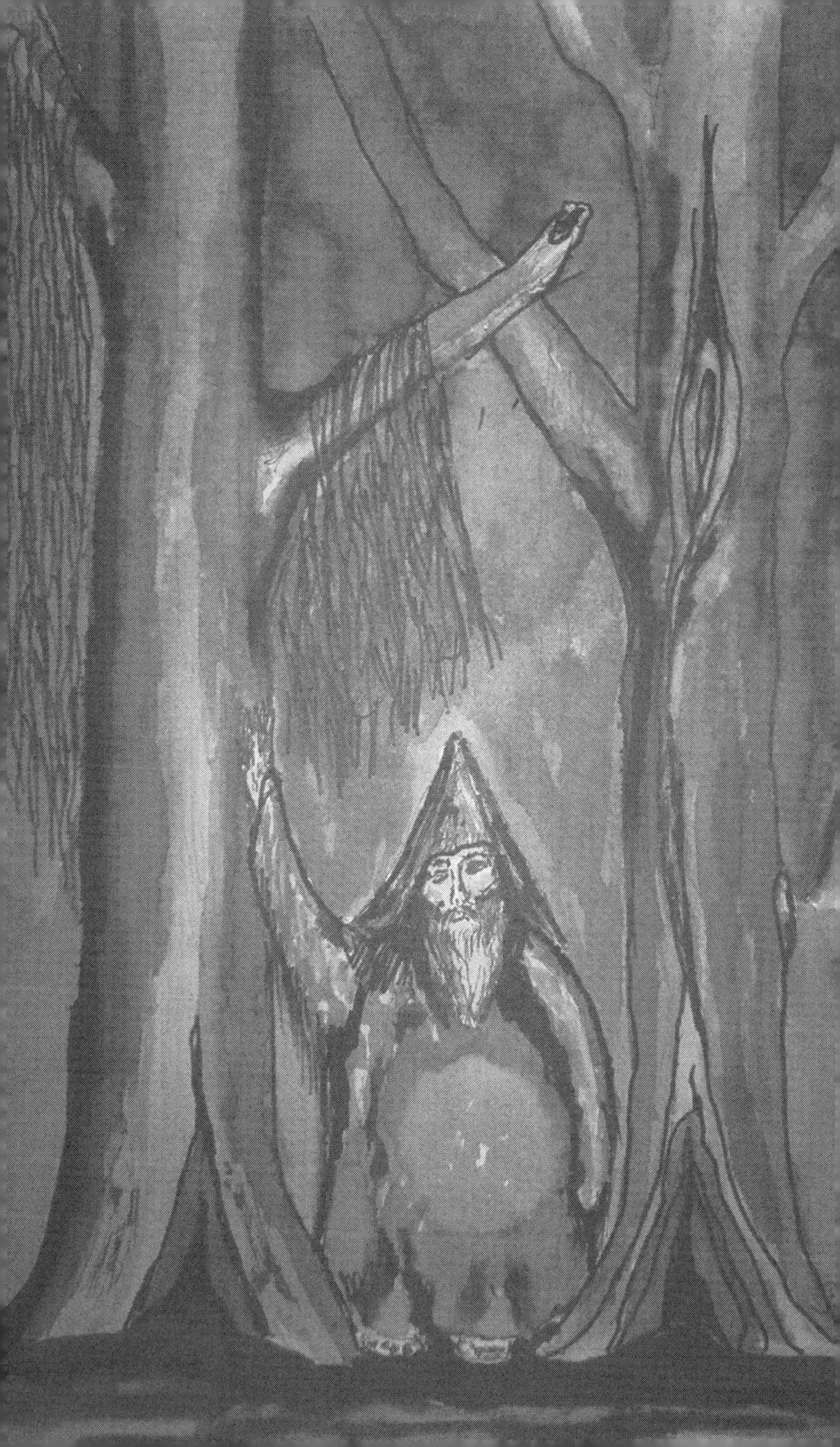

El alumbramiento

El hijo de Walph, Thepthep, nació hace apenas siete días. Su ombligo, ya seco, deberá caerse hoy. Su padre, Theph El Cazador, se ha estado preparando desde el alumbramiento para este día. Hoy, al atardecer, tomará el cordón umbilical, ya seco, para depositarlo, envuelto en una pequeña piel de kururo, bajo las cenizas. En el mismo lugar en que su mujer Walph, enterrara su placenta la mañana del parto.

Los espíritus del bosque cuidarán de su pequeño hijo y no permitirán que ningún mal lo aceche y quedará así protegido contra los brujos y los duendes de la noche.

Theph, al unirse con Walph, le ha dado un diminuto arco con sus respectivas flechas para ser regaladas al primer hijo. Pero su hijo murió, durante la gran nevada de primavera, cuando aún no cumplía dos semanas. Si su hijo hubiese sido mujer, El Cazador habría roto los juguetes, pero al morir el niño, las pequeñas armas fueron enterradas con él.

Para Walph, el parto no fue más que un alto en sus múltiples obligaciones. Ha traído agua desde el riacho, que está a casi dos kilómetros de distancia, en dos pequeñas bolsas hechas en piel de lobo marino. Ha debido prender la fogata con los palillos de fuego, haciendo girar muy rápido el palillo delgado, en un agujerito hecho en el madero más grande, y soplando de vez en cuando, y agregando granos de arena seca hasta que brillan algunas brasitas que son alimentadas con musgo seco, hasta lograr un fuego vigoroso y estable.

Luego, buscó bayas que el invierno enterró bajo la nieve. Encontró leña seca en un hueco de árbol no visitado, por allí habían unas pocas setas, algunas hierbas y, sorpresa, una cueva de kururos con varias crías, excepcional banquete en estos días de principio de la primavera.

El atardecer anterior al parto, estuvo hasta la entrada de la luna pescando arañas de mar en la bajamar.

A nadie de la familia le preocupó, mayormente, su estado.

Durante los últimos días apenas podía con su barriga al inclinarse a raspar las pieles o al cargar los cueros, que conforman el toldo, en algún desplazamiento.

Al entrar en labor de parto Walph, se ha aislado en un lugar solitario del bosque, cubierta de musgos. Ha llevado consigo, algunas pieles de cría de zorro rojo, mullidas y tibias, para abrigar a su hijo. Otras de kururo serán sus apósitos, si los necesitara. De ser muy difícil el parto, la mujer y el niño morirán irremediablemente. En un par de minutos se presenta el niño, de cabeza y sin problemas. Su madre lo recibe de cuclillas, sola; con una cuchillita de concha, muy afilada, corta el ombligo.

Después de alimentar y limpiar al recién nacido, bajará hasta la playa para el triple baño ritual, desnuda, al viento, secará sus cabellos y su piel. Pintando su cara con colores alegres mostrará a las demás mujeres, su regocijo y su satisfacción por haber dado a luz a un varón.

Luego, sin más reposo que su baño, continuará sus quehaceres.

Historia del zorro que perdió una garra

Sopla un suave viento desde el norte. Las columnas del humo, apenas se inclinan en dirección al antártico. Por entre las nubes que bordean la costa ligeramente elevada del estrecho, asoman las primeras bandadas de caiquenes. La vista de esas grandes aves, mensajeras del inicio del tiempo de los brotes, de la época de la risa y de los nacimientos, alegra a Walph. Piensa en los días en que la piel del abdomen, hoy flácida y colgante como un delantal, se tense sobre la grasa que críe debajo de ella, en los espacios dejados por el niño nacido hace algunos días. Su pelo negro, al recobrar su fuerza reflejará la luz como el mar en las noches sin luna. Al llegar los días del buen sustento sus pechos se levantarán llenos de leche.

Walph es feliz. En su calidad de primera esposa de la familia de Thepl, el cazador, tiene algunas obligaciones que son de su agrado. Una de ellas es la de contar cuentos a los niños.

El toldo, de espalda a los vientos del sur poniente, alberga a Walph y a otras dos mujeres y a sus hijos.

Son cuatro niños de la familia que son criados por todas las mujeres como si fueran propios.

Walph, mientras teje, en torno al fogón, un cesto de enredaderas para conducir fuego, cuenta la historia de "El Zorro cazador que perdió una garra".

—Ya habían pasado cuatro épocas de frío, por los tiempos de la recolección, Inttli, el cazador de focas salió decidido a hallar algo substancioso que comer. Siguió la ruta de los kururos hasta la orilla de Las Piedras Blancas. Allí tomaba el sol un rebaño de lobos marinos. El gran lobo, Señor del Mar, vigilaba a sus hembras.

Sigiloso, como un zorro hambriento, Inttli se acercó al gran lobo por la espalda y de frente al viento, para no ser visto ni olido por el rebaño. Las hembras apenas se movieron, algo temerosas, al ver aparecer la figura desnuda del acechador.

Inttli lanzó dos flechas, que entraron al Señor del Mar por detrás de las aletas el pecho; como pequeños ríos se le escapó la sangre al gran lobo marino y con ella la vida.

El arquero, ávido, se abalanzó sobre el cuerpo, pero el lobo no estaba muerto todavía.

Y le arrancó, de un tarascón, el dedo. Desde entonces Inttli se llamó "El Zorro cazador que perdió una garra".

Un par de orejas

El ser coleccionista no es tan extraño, —estimado Pancho. Todos lo somos, de una u otra forma. El niño que se desvive por juntar y clasificar las ilustraciones, que recorta de alguna revista vieja y que le permitirán adquirir un nivel superior en la difícil jerarquía de los chicos de la cuadra, ya es un coleccionista. Por supuesto que a distancias siderales de aquel que, con gusto refinado y gastando una fortuna, ha logrado reunir y mantener una secreta e importante muestra de arte, que, con grandes esfuerzos, mantiene apartada de los ojos de los profanos y de las cajas de caudales de otros coleccionistas.

Tampoco es raro el hecho que la gran mayoría de estos extraños seres (los coleccionistas), sean extremadamente egoístas, no sólo con los objetos de sus desvelos, sino que también en todas las actividades o circunstancias que deban enfrentar. Este egoísmo y el enfermizo afán de acumular cosas, les lleva a convertirse en entes solitarios y temerosos de perder sus tesoros. Todo lo dicho antes me lleva a concluir que también son víctimas en potencia y que, de una u otra forma, se ven involucrados en asuntos policiales.

Por lo que te he dicho te habrás dado cuenta que el egoísmo y el temor a ser robado llevó a un viejo conocido mío, el señor Francis Mac Lean, a vivir solo, sin más compañía que su perro y su importantísima colección de objetos, más bien restos, relacionados con violencia. No te vayas a creer que son objetos comunes o corrientes como algún kriss malayo o una cerbatana filipina, no. Como te dije antes son restos; restos de personas que se vieron, muy a su pesar, enredadas en alguna situación de violencia o muerte.

...Alta, rojiza, desnuda se desprendió del matorral. El plenilunio la bañó de luz. Destacada en contra de la oscura masa de la casa, la silueta se detuvo como para oler y escuchar. La única protección contra el frío viento, un trozo de piel triangular atado a la frente, la hizo parecer más alta.

Ordenados y debidamente etiquetados, en unos anaqueles de madera de encino y de hermosas líneas, se podían ver desde dedos índices perdidos por algún desafortunado cingalés, en un juego de cartas, hasta manos completas de ladrones persas. Decoraban sus estanterías cráneos aplastados por elefantes verdugos de la India, al lado de éstos, pequeñas cabezas reducidas en las selvas del Brasil, parecían mirar trozos de piel judía que fueron parte de pantallas de lámparas en los elegantes salones alemanes por los años del Holocausto.

Pero lo que siempre buscó Mac Lean fue una par de orejas selk'nam.

...Esperó paciente la figura. ¿Qué importaban unos instantes frente a la eternidad? La acechó. Contra las retorcidas siluetas de los robles patagónicos, a contra luz, la silueta de su presa se destacaba nítida e incauta.

Por los años de su juventud Francis Mac Lean trabajó para algunas empresas británicas, que mantenían relaciones comerciales con casas de Punta Arenas y debido a estas actividades tuvo la oportunidad de recorrer la Patagonia y Tierra del Fuego. Por allí y a causa de los cuentos oídos en las largas noches—días de esas latitudes se encendió su deseo de poseer un par de aquellos terribles trofeos. Lo que en un principio fue sólo un deseo de coleccionista principiante, se convirtió en una obsesión, la que lo llevaría a buscar, incansablemente, un par de orejas onas.

Se quedó en América y se convirtió en el Gringo Mac.

...Tensado el arco, la cuerda de nervios de guanaco, recibió una flecha de plumas triangulares.

Por esos tiempos reunió una significativa muestra de armas y utensilios de origen selk'nam. El estudio de estas piezas, la búsqueda de las orejas y sus continuos ires y venires por las tierras patagónicas y fueguinas lo llevaron a ser una autoridad en la vida de sus habitantes y, continuamente, era solicitado como guía y asesor de las expediciones y comisiones científicas y de gobierno que visitaban esas latitudes.

Era todo un pozo de conocimientos en lo referente a los nativos, vivos o muertos, del extremo sur del continente.

...A punta labrada por presión en un trozo de cristal de roca, con un golpe sordo y prolongado, penetro las carnes por detrás de las ultimas costillas; se abrió paso desgarrando, rompiendo, perforando intestinos y arterias. Abrió un río de sangres hasta el corazón y descansó.

Al inicio de un invierno, (volvían al norte los gansos), el Gringo tuvo noticias: un puestero, en una estancia al sur oriente de la isla, tenía un par de orejas de indios. Y entre aguanieves y vientos, viajó diez días para comprar el codiciado trofeo.

Después de algunos mates y churrascos acordaron, el puestero y Mac Lean, el precio, nada despreciable, del par de orejas.

Poco después estalló la Guerra Mundial y Francis Mac Lean se alistó en la infantería británica. Al término del conflicto volvió a Punta Arenas. Cerró su casa a toda persona. Los muchachos que formaban la pandilla del barrio le llamaban "el gringo loco" y de vez en cuando, como por broma, le apedreaban la casa. Salía el Gringo a toda carrera, arrastrando su borrachera y un fusil, que nunca disparó.

Nunca vio a los niños, ni halló piedra alguna, ni huellas de pies en el patio cubierto de nieve fresca.

...Imitando el trote de los perros indios, se acercó, la flecha había cumplido su letal compromiso con la sangre. A trancos largos, pausados entró a la guarida. Tomó algo que en algún momento fuera suyo...

Alguna vez, en mis visitas a Tierra del Fuego, Mac Lean me acompañó sirviéndome de guía y en las frías y translúcidas noches fueguinas, de alguna forma, llegué a estimarlo. Ayer supe que murió.

...Bajo la media luz del crepúsculo matinal, en la nieve fresca no se perciben huellas, solo un ligero y alargado surco.

Hijas de la luna

Walph, sentada en el suelo, las piernas cruzadas, cubiertas con su delantal de cuero de kururo, raspa con cuidado y pericia una piel, completa y fresca, de guanaco. Las pequeñas, atentas, observan el delicado trabajo de limpiar y sobar el pellejo.

Walph aprovecha esa oportunidad, en que no hay hijos varones presentes, para iniciar un relato propio y secreto de mujeres. Las niñas, todas ojos y oídos, no se distraen, las otras mujeres del toldo vigilan las posibles orejas masculinas que pudieran oír cosas que no deben saber.

—Hace ya mucho tiempo, cuando aún el hielo unía Karunkinka con Tewel, las mujeres fuimos las guardadoras de los secretos y por eso éramos las que mandábamos y los varones nos obedecían ciegos, en silencio y pacientemente. Cazaban para nosotras y los dominábamos por el temor que sentían a los brumosos espíritus del bosque.

Por esos días las hembras se reunían en la Casa de La Luna, Nuestra Señora de la Noche, para hablar cosas de mujeres y no se permitía a los hombres de las familias acercarse, siquiera, a la casa.

Allí se preparaban los hechizos para herir a nuestros enemigos, estudiábamos los secretos de las plantas mágicas y aprendíamos las viejas palabras que sometían a los hombres. A éstos se les mantenía engañados haciéndoles creer que a nuestro servicio estaban los espíritus de los bosques, de los árboles, del viento y de las sombras. Nos vestíamos de duendes y por las noches, disfrazadas con aterrorizantes vestimentas, las mujeres arrojábamos piedras al fuego, sin que los varones se dieran cuenta, para que ellos nos creyeran amas y señoras de los seres de las tinieblas.

Una noche en que la Madre Luna se encontraba en su ciclo oscuro, aconteció que un cazador, escondido en la casa de las mujeres, escuchó sus voces y sus risas por las bromas que ellas hacían a costa de los hombres. No tardó en llevar, a los demás, las noticias de que las mujeres los dominábamos a ellos por el temor, y que nos reíamos de su ingenuidad y de su miedo.

Pues los hombres planearon una venganza en contra de las mujeres —Las sorprenderemos en la próxima luna nueva, cuando la Señora de los Cielos no pueda avisarles, dentro de la casa de reunión y las mataremos a todas— se dijeron en secreto.

Sucedió que en la siguiente luna nueva el cielo estuvo nublado y había viento, por lo que las mujeres no se vistieron de espíritus, ni se cuidaron de poner centinelas a la escucha. Se encerraron en la Casa de la Luna y allí entonaron cantos y se reían de los hombres, con la risa que provoca el humo de algunas hierbas secretas. Como de costumbre, creyeron que los estúpidos y temerosos hombres se habían arrebujado en sus capas, aterrorizados, alimentando el fuego para mantener alejados a los duendes de la noche. Si alguna mujer se acordó de salir a lanzarles piedras, para mantener así su miedo, nunca volvió. Las otras, ebrias por los jugos de ciertas plantas que emborrachan a los seres humanos, no se percataron de estas ausencias, ni del silencio de los perros.

A media noche, cuando yacían dormidas entre los restos de las libaciones y comida, unos rasguños en el cuero que cerraba la abertura de entrada obligaron a que alguien descorriera la piel. Y por allí entraron los hombres con palos y piedras, con sus pedernales y arpones, sus lazos y boleadoras, matando a toda mujer que se cruzara frente a ellos. Algunas escaparon por debajo de las haldas del toldo, otras huyeron, heridas, al bosque. Los cazadores las buscaron por entre las sombras para asesinarlas impunemente, ya no temían a los espíritus, ni a los duendes, ni a las sombras. Ancianas y niñas murieron. Murieron las madres con los pechos llenos de leche y las jovencillas que aún no tenían hijos. Todas las doncellas, hermosas y sanas, murieron. Fueron heridas y desangradas todas las asistentes al ritual.

Sólo respetaron a las niñas muy chiquitas; aquellas que no sabían nada de hechicerías o de rituales se salvaron. De aquellas niñas descendimos todas nosotras.

Desde ese tiempo los hombres nos mandan y nosotras debemos obedecerles. Y por las noches, en que los espíritus vagan por los bosques buscando carne fresca de alguna doncella o mujer criando para devorarla, sólo ellos pueden asistir a la casa de los espíritus y a sus festivales, en el centro secreto del bosque, a las mujeres no nos permiten asistir.

Pero aún nos temen.

De todas aquellas mujeres que fueron atacadas esa noche, solo una se libró; herida y moribunda, se arrastró hasta la parte más oculta del bosque. Allí, crió a su hija, nacida de ella y de un espíritu de la selva. En la memoria de su hija nos dejó los secretos del vivir y los caminos del conocimiento verdadero".

Walph, sonríe. Enrollando la piel, ya limpia y sobada, pone un dedo ante su boca en un gesto de complicidad y silencio. Sabe que las pequeñas iniciadas guardaran los misterios de su raza y de la extraña fuerza que ejerce su sometimiento en los hombres.

La Danza de las Maras

Hace ya mucho que la luna se abrió sobre el bosque de walles como un gran ojo brillante y frío.

Sobre los árboles, sobre la nieve, sobre el río, una perfecta quietud, tan secreta y lívida que ni una brisa la conmueve.

Desde las aguas, que fluyen lentas, una niebla sube en espiras... ya es esta la última luna llena del invierno.

Tras el bosque, y antes del río, una planicie, en donde la luz de la luna arranca flechas de plata a cada cristal de hielo, a cada copo de nieve helada.

El hielo va desde lo orilla hasta las piedras que marcan la corriente de primavera.

Desde antes que apareciera la gran luna de invierno, pequeños espectros han dejando el amparo del bosque. Unos aparecen desde entre las matas de pasto congelado: Otros sencillamente desde el suelo. Buscan sigilosos las sombras que proyectan los montículos que el viento fue formando por el lado del norte de las piedras y terrones que dejara el barbecho de mayo.

Este mismo campo recibirá las semillas en los tiempos del deshielo.

Cada fantasma, a contra luz, semeja gnomos o pequeños entes de orejas largas y naricillas móviles y oscuras.

Poco a poco se va formando un gran círculo de siluetas en torno al centro del campo. Luego como en una misteriosa logia, cumpliendo con un conjuro mágico y ancestral, cada costado se pega al otro, cada nariz apunta hacia el centro del círculo y cada cabeza se eleva, como buscando a las Divinidades de la noche y de los bosques.

Se rompe, de pronto, el Círculo, y desde puntos opuestos arrancan los que parecen ser jefes, o sacerdotes, para encontrarse en el Centro mismo. Allí se tocan las narices, giran primero hacia el río, luego en dirección al bosque. Dan vueltas uno en torno al otro. Se alejan, y vuelven al Centro, en donde se frotan cabezas y flancos. Golpean largamente el suelo helado. Brincan muy alto, separado uno del otro, alejándose hasta el borde del círculo y allí buscan mirando los ojos de los que esperan.

Giran rápidos y silenciosos. Y corren hasta encontrarse con sus compañeros.

Silencio profundo... hasta que el golpear de las patas y los chillidos fragmentan la noche, en miles de estrellas, y son diminutos cometas los carámbanos que penden de los arbustos, al desprenderse.

Se han separado dos nuevos danzantes desde el Círculo.

Se miran, luego giran, agresivos, hacia la derecha y luego a la izquierda bajo la luz maga y pálida de la última luna llena del invierno.

De pronto se deshace el Círculo. Y cada asistente brinca enloquecido, chilla y patea el piso al ritmo de su corazón.

El campo se carga de una fuerza vieja como la Creación. Hay fiebre en el aire frío. La nieve emite un reflejo eléctrico.

Una carga de energía, que sube hasta la copa de los árboles, hace brillar la nieve y obliga a los copos a crepitar y rechinar en los pastos que cantan bajo el aire helado y seco de agosto.

Es la vieja danza nupcial de las maras, las grandes liebres de las tierras frías del sur, que se han reunido bajo la luz de plata de la última luna del invierno.

TRAS LA MANADA

Los cazadores, de la familia de Temples, han estado rodeando un rebaño de guanaco. Los animales, ya recelosos, se alejan cada vez que perciben el olor de los hombres o de los perros. Pero estos se dejan oler o ver, sólo cuando conviene a sus planes.

Van al trote tras sus presas y las llevan hasta unos roqueríos que se levantan contra el viento del norte, en el borde de la pampa, poco más allá del Lugar del Caiquén Tuerto. Allí los encerrarán contra las grandes piedras para cazarlos a flecha o a boleadora. Las hondas no son muy efectivas contra las grandes bestias, lanudas y veloces, que hoy los espíritus les han ofrecido. Compartirán, los cazadores con ellos, la sangre y las vísceras.

Durante las cortas horas de la noche estival, mantienen al rebaño en el Lugar del Caiquén Tuerto, por medio de los perros rastreadores y de las fogatas, que elevan sus columnas de humo, lánguido y recto, hasta la profundidad del cielo.

Cuando aclare será la hora.

Con los primeros destellos de la estrella matutina los perros dirigen el hato hacia las rocas y los guanacos, al huir, ofrecen las grupas a los flechadores.

Este es el momento que ellos esperan.

Algunos selk`nam, cubiertos por sus capas de piel semejan raros animales que pastan. Ellos se han acercado, casi a veinte o menos pasos, a los guanacos, que no desconfían de esas bestias deshilachadas y torpes. De pronto, arrojando sus capas al suelo, se levantan los cazadores con sus arcos tensos y lanzando flechas.

Los proyectiles buscan los encuentros posteriores...perforan los vientres desde las grupas; entran desde abajo hacia arriba, rasgando pieles, entrañas, hasta llegar a los pulmones, para romper arterias en un estruendo de sangres y calores de muerte.

Los otros cazadores disparan, certeros sus boleadoras, enredando las patas débiles y poco rápidas de las crías y las hembras amamantando.

La familia tendrá carne hasta el hartazgo.

Diez libras esterlinas

Una, dos, tres, cuatro, el anciano Talpethl y el jovencillo Inhihn: seis figuras al trote largo bajo el sol de la medianoche. Sus sombras, recostadas contra la rojiza capa de tierra, se alargan, siguiendo las sinuosidades de los suelos de la Tierra de Los Fuegos. Van a la caza del guanaco blanco.

El verdadero guanaco, veloz y nutricio, desapareció con la llegada de las alambradas y de las pequeñas ovejas de lana blanca y caras negras. Lo han buscado por toda la estepa, siguiendo los viejos rastros, las rutas habituales hasta los mismos bosques prohibidos del sur, por los bordes de las ciénagas y las tembladeras hasta llegar a las arenas de las playas del norte. Han cruzado las tierras alambradas, por los ingleses, en la estancia "Madre de Dios", y al largo trote que les permite cubrir ochenta millas en un día, arribaron a sus viejos lugares, hoy nombrados en formas ajenas y sin pronunciación como "Golden Cross" o "Good Hill". En estos lugares siempre estuvo, en estos días del verano, el guanaco.

De allí su nombre: "Colina del Guanaco".

Hace ya días que perdieron el rastro y el derrotero del sol rojo los lleva cada vez más al poniente y al sur. No hay más que muestras de esas bestezuelas lanudas y malolientes que han acabado con los manchones de pasto, ralo y duro, que, luchando con las inclemencias del clima, logra crecer en las pampas del fin del mundo. Los seis han estado viajando contra del viento que cae, desde el sur, como pedradas azules. En el horizonte, apenas rotos por las copas verdinegras de los robles fueguinos, hay largos resplandores y oscuros aleteos de hielo viniendo desde los parajes antárticos; desde más allá de la unión de los dos mares. Ellos seis son las sombras de los últimos que viven, ocultándose de los reflejos de la pólvora y el acero, bajo los toldos, entre el roquerío de la costa austral del estrecho.

Han sido puestas a precio sus orejas, por lo que son lo más apreciado que poseen. Ellas y sus capas de piel de kururo, que en tierras continentales y civilizadas alcanzan valores de curioso despojo entre los coleccionistas; son sus más valiosas posesiones. Las capas y sus útiles de caza son la diferencia entre el frío hambre y un cálido vivir.

Ante la posibilidad, casi cierta, de ser cazados y no cazadores, los dos selk´nam confían en el instinto y en el fino olfato de sus perros, que buscan mimetizarse contra las hebras de pasto que, duro como el silencio del largo crepúsculo, crece en los bordes de las heridas rojas dejadas por las aguas en las arcillas de la pradera, al faltar en ellas el calafate y el coirón, arrasado por los blancos en su afán de criar pastos exóticos. Los largos arcos de caza, hoy reforzados con tendones de guanaco para darles mayor fuerza, se balancean, al ritmo del paso, en la mano derecha. En la izquierda, enrolladas al brazo, cargan las capas de piel; sólo les cubre la frente la piel triangular, tomada de la cabeza de un guanaco, y sus calzados de marcha.

Han untado su cuerpo con el color rojo de la guerra y sus cabezas van pintadas con negro, en señal de luto, por los niños, mujeres y guerreros asesinados.

Bajo el brazo aprietan las aljabas, de piel de lobo marino, llenas de finas y largas flechas con puntas labradas en trozos de vidrio recogidos en las cercanías de las casas de los blancos. Las aletas de las flechas, tomadas de las remeras izquierdas de las alas de los caiquenes, van en un ligero espiral, para que el asta no gire y conserve la dirección del astil labrado en calafate. Aún contra el viento, dan en el blanco a ciento setenta o más pasos.

Al borde de un riacho se detienen para beber.

Los perros, como todos los individuos de su especie, se procuran su alimento. Una cueva de kururo provee de víveres a los hombres.

Dos de estos roedores es una miserable cena, para ellos, después estar corriendo por casi tres soles sin comer más que algunas raíces.

Al ocultarse el sol, y detrás de un roquerío, acampan. Pasarán los pocos momentos de oscuridad al abrigo de las grandes piedras que paran el viento y los ocultan de los ojos alertas del blanco. El pequeñísimo fuego, que han mantenido protegido en un cestillo hecho de enredaderas y forrado en barro, es avivado hasta ser una hoguera.

En el atardecer del siguiente día habrán de retornar a sus tierras del norte, el tolderío está a más de tres días de trote largo y es mucho tiempo para un hambre tan larga y para una supervivencia tan precaria. Los restos de la familia: algunos niños y mujeres ancianas, que se han salvado de las persecuciones, matanzas y hambrunas, subsisten, a duras penas, de lo que logran recolectar en las bajas mareas y de las hierbas recogidas en la orilla de los esteros.

Desde un grupo de canelos, algo alejado de las rocas, llega hasta los hombres, el bullicio de los perros disputando. En el tono de los aullidos, los selk`nam perciben que la lucha se debe a que los animales descubrieron comida. Pueden ser kururos o zorros, tal vez alguna oveja extraviado o algún ave herida. Los dos cazadores corren al lugar en donde se pelean los canes. Allí, con una mano encajada en la horquilla baja de un árbol de lenga, se encuentra el cadáver de un guanaco.

Por las emanaciones del cuerpo del animal, se percatan que la muerte data de algunos días, eso no importa: los hombres de Karunkinka han hallado comida.

Con sus pedernales destazan al animal, arrojando trozos de entrañas y los intestinos a los perros, que aullando de hambre y de júbilo por la oportunidad de saciarse, devoran las sobras demasiado putrefactas para como para ser comidas por los hombres.

Desde el bullir, de tarascones y gruñidos, se desprendió un largo rugido, que alargándose contra las sombras, reventó en un estacato de dolor. Uno de los perros se revolcaba en estertores de agonía.

Los dos hombres saben que han caído en una trampa. Mientras los perros, agónicos, se debatían en un pandemonio de muerte y babas sanguinolentas producto de la estricnina, Talpethl e Inhihn, con los ojos destellando pavor, se diluyen en las sombras que ya comienzan a retirarse frente a los ataques del alba.

El trote se alargó; se hizo sostenido, más rítmico, más agobiante. El amanecer descubrió dos sombras recortadas contra el poniente, en carrera hacia las tierras de "China Creek".

Hacia la media mañana, ya en tierras de la estancia San Sebastián, detienen su desesperado trote. Beben, de cara al agua, grandes sorbetones del líquido que, fresco y reconfortante, fluye de la tierra a sus cansados cuerpos. Un susurro de la brisa o quizás un detenerse del silencio de la pampa o el sentido de la bestia huyendo les avisa que ya es tarde.

Sobre rápidos caballos las tropas, o mejor dicho los sicarios, de las estancias han llegado antes que ellos al Paso del Zorro Gris. Allí esperan, desde el amanecer, pies en tierra y las Winchester en posición de fuego.

Sin sus perros exploradores, los selk'nam son fácilmente descubiertos y cazados.

Al percatarse de ello los dos hombres inician los ritos finales de la vida. Como cazadores y guerreros, su despedida no será la plácida del anciano, ni la descarnada y hambrienta de las abuelas abandonadas en el bosque, ni la de los niños ahogados por las fiebres y las membranas de la difteria o del sarampión o la de la mujer violada hasta la muerte en la playa del estrecho.

La de ellos será la muerte ardiente del hierro y del plomo.

Las capas de suave piel de kururo son dobladas cuidadosamente y puestas sobre una piedra, sobre ellas las aljabas vacías. Sólo los viste la piel ritual que les envuelve la frente, y sus zapatillas de piel de guanaco. El labrado arco, fuertemente tomado en la mano izquierda y las saetas, en un manojo, son apretadas en la mano derecha.

Bajan sus cabezas y elevando los brazos al cielo del mediodía alzan alternativamente las piernas en un ritmo lento y fúnebre. Giran lentamente, en torno al fuego para después dispersarlo a los cuatro vientos; luego uno detrás de otro, el más joven de rodillas y su abuelo, de pie, a sus espaldas, tensan las cuerdas de sus arcos para iniciar el ataque.

Las astadas flechas rompen la tarde y con un silbo, limpio y agudo, van a incrustarse, inofensivas muy lejos de los hombres blancos.

La descarga de las armas de fuego es una. Con un giro, Inhihn se mira el pecho y las manos, sin ver ya nada.

Su abuelo logra lanzar una última flecha antes de ser abatido por un tercer disparo hecho a quemarropa.

Los jinetes barbados se acercan al galope de sus cabalgaduras para desmontar frente a los selk´nam muertos. Diez libras esterlinas, en esos tiempos y en esos lugares perdidos del mundo, no son poca paga por tan poco trabajo.

Son, casi, cinco pintas de buen, o mal, whisky llegado, según la etiqueta, de las tierras altas de Escocia. También pagan una mujer blanca en Punta Arenas.

El jefe de la tropa, un aventurero rumano y feroz, en una actitud de triunfo se deja retratar junto a Talpthl.

Aún hoy esa fotografía recorre el mundo.

Glosario

Español	*Mapudungun*	
A		
Aguilucho	*Ñanku*	Aguilucho (*Buteo erythronotus*).
Alerce	*Lewal*	Árbol gigante del Mapu.
Angol		Ciudad de la región de la Araucanía.
Araucaria	*Pewen*	Pino araucária (*Araucaria imbricata*). Su fruto: gnellu.
B		
Boroa	*Forowe*	Lugar cercano a Temuco.
Budi	*Foyeko*	Budi, lago del Mapu, cercano a Boroa.
C		
Caiquenes		Gansos salvajes de la Patagonia y Tierra del Fuego (*Chloephaga picta*).
Calafate		Arbusto de la Patagonia y Tierra del Fuego (*Berberis buxifolia*).
Caletero		Buque que atraca en las caletas y puertecillos de los canales patagónicos. Chilenismo.
Canelo	*Foike*	Árbol sagrado del Mapu (*Dremis winteri* (Chilensis)).
Canelos		Árboles de la Patagonia y Tierra del Fuego (*Dremis winteri*).

Casa	*Ruka*	Casa habitación mapuche.
Centollas		Arañas de mar.
Chile	*Chilli*	Nombre dado, por los Incas, a los confines del sur de su imperio. El lugar en donde acaba el mundo.
Chiloé	*Chilwe*	*Chelle* = gaviota. *We* = lugar donde hay. Chiloé, archipiélago del sur de Chile.
Chingue	*Chiñqe*	Mofeta chilena (*Conepatus humboldtii*).
Choro	*Pellu*	Marisco bivalvo de color negro.
Ciprés		Pino ciprés de Las Islas Guaitecas.
Cochayuyo		Kolloi. Kollof. Alga comestible, del Pacífico sur, de gran longitud.
Coligüe	*Reni, rüni*	Reni.Rüni. Gramíneas árboreas (*Chusquea*).
Cóndor	*Mañke*	Ave de rapiña. (*Sarcorrhamphus gryphus*). Figura heráldica del escudo de Chile.
Cururos		Roedores pequeños, comestibles, de la Patagonia y Tierra del Fuego.
D		
Dios	*NGenechen*	Ser que habita en el cielo y es el único creador de todo. Dios Padre y Creador del hombre.
E		
Erizos	*Yupe*	Erizos de mar comestibles.
Estero	*l.eufü*	Riacho.
Extranjero	*Winka*	Extranjero. Cualquiera que no sea mapuche.
F		
Flamencos	*Parinas*	Flamencos. (*Phoenicopterus chilensis*).
Flor	*Rayen*	Flor. Sustantivo común.
G		
Guanaco	*l.uan*	Camélido andino, de color claro. (*Lama guanicoe*).
Güalpón		Galpón, bodega de acopio de materiales y productos, en el campo. Chilenismo.

H

Hualle	*Walle*	Roble blanco chileno. (*Nothofagus obliqua*).
Huemul	*Wümul*	Ciervo chileno (*Hippocamelus bisulcus*). Figura del escudo de Chile.

L

Llaima		Volcán cercano a Temuco.
Loco	*Loko*	Marisco (*Concholepas peruviana*).

M

Maquehua	*Makewa*	Lugar cercano a Temuco. Literalmente "Lugar de cóndores".
Mensajero	*Werken*	Mensajero.
Mocetones	*Kona*	Soldados mapuches.

N

Nalca	*Panke*	Planta de hojas gigantescas y tallos carnosos (*Gunnera scabra*).
Nueva Extremadura		Nombre dado por los españoles a la zona del centro de Chile.

Ñ

Ñiachi	*Gnachi*	Sangre de cordero coagulada y aliñada. Comida.

O

Oveja	*Ofisha*	Oveja europea.

P

País	*Mapu*	Tierra, país, lugar, región. Nación Mapuche.
Papas	*Poñi*	Patatas.
Parlamentos	*Koyaq*	Reuniones, entre mapuches y blancos, para acordar treguas.
Patagüa	*Pecha*	Árbol. A su sombra se discutían los parlamentos (*Myrceugenia Planipes Berg.-mirt*).
Pidén	*Pideñ*	Ave zancuda (*Rallus rythrynchus*).
Pillalelbun	*Pillanlelfün*	*Pillan* = antepasado. *Lelfün* = pradera. Pradera del Pillan. Lugar cerca de Temuco.

Pudú	*pudü*	Ciervo enano de Chile sur (*Cervus humilis*).
Pumas	*pangi*	Leones chilenos. (*Felis concolor* (chilensis)).
Purén		Ciudad cercana a Angol. Nombre de un Lonko mapuche.
R		
Río de luz	*Wenu-l.eufü*	*Wenu* = cielo. *L.eufü* = río = Río del cielo = Vía Láctea.
T		
Tacas	*Taka*	Molusco marino bivalvo de color blanco.
Temuco	*Temuko*	*Temu* = Temo, cierto árbol. *Ko* = Agua = Agua del temo. Ciudad Capital de la Araucanía.
Trehuel	*Trewel*	Región de pampas al norte del estrecho de Magallanes en la banda oriental.
Treiles	*Treqell*	Ave zancuda, pájaro jardinero (Vanellus chilensis).
S		
Skuas		Ave de rapiña, propia de los mares del sur de Chile. Chilenismo.
V		
Vicuña	*Wikuña*	Camélido andino, de color oscuro. Palabra aymará.

Mapudungun

A

Aillarewe	*Ailla* = nueve. *Rewe* = agrupaciones de familias. Agrupación política y/o familiar.
Am	El alma separada del cuerpo.
Anchimallen	Duende, luces nocturnas, fuegos fatuos.

C

Chamall	Paño cuadrado que envolvía desde la cintura a los varones mapuches.
Chau	Padre, maestro.
Chiripá	Pantalón de varón hecho con un chamall.
Chuchu	Abuela materna.

D

Dalka	Canoas de tablas cosidas entre sí. Se usaron en Chiloé y los canales australes.

G

Gniachi	Comida en base a sangre fresca coagulada y adobada con aliños y cebollas.

K

Kalfükillem	*Kalfü* = azul. *Killem* = Luna. Luna Azul, nombre femenino.
Kefafan!	Grito de guerra mapuche.
Kufepapai	Abuela...en general.
Kulme	Huérfano.
Kultrun	Tambor hemisférico; representa al universo. Ritual, se utiliza en las rogativas mapuches.
Karunkinka	Nombre dado por los *selk´nam* a su tierra. Tierra del Fuego en *selk´nam*.

L

Lef	Grupo familiar mapuche.

Lefo	Lef.
Lev	Lef.
Levo	Lef.
Lof	Lef.
Lonko	Jefe militar. Cabeza.
Lonkoche	*Lonko* = cabeza. *Che* = hombre. Cabeza de hombre. Ciudad al sur de Temuco.
Lov	Lef.

M

Machi	Sacerdotisa. Medica. Curandera.
Mai	Afirmación: Sí.
Malón	Guerrilla, saqueo. Correría para asaltar.
Melipan	*Meli* = cuatro. *Pan* =Pangi= Puma. Nombre propio masculino.
Mudai	Bebida alcohólica ritual, hecha de granos masticados y frutas.
Nguillatun	Rogativa, ceremonia de agradecimiento a NGenechen.
Ngenpin	El que tiene la palabra, el que habla.
Ñankura	*Ñanku* = aguilucho *Kura* =roca, piedra. Aguilucho de piedra. Nombre propio masc..

O

Onaisín	Nombre dado por los yamanas a la tierra de los *selk´nams.*

P

Papai	Palabra de respeto para dirigirse a una mujer casada.
Pian	Palabra para iniciar un relato de imaginación. Equivale a: "Érase una vez...."

Pifülka	Flauta hecha de huesos largos, algunas de madera, o piedra.
Pillan	Alma de un antepasado que da nombre a la familia. Habita los volcanes.
Puelche	Gentes de la banda oriental, (Argentina). Viento del este.
Pulku	Licor. Cualquier bebida alcohólica.

R

Raykütral	*Ray* = Rayen= Flor. *Kütral* = Fuego Flor de fuego.Nombre femenino.
Rewe	Tronco ritual en forma de escalera. En la antigüedad: parcialidad política o familiar.

S

selk´nam	Indígena fueguino del norte o de las praderas. Ona.

T

Toki	Jefe de la guerra, comandante de tropas mapuches. Hacha.
Toldo	Choza fueguina semicircular hecha de varillas y cueros.
Trarilonko	*Trari* = atar. *Lonko* = cabeza. Joya que rodea la cabeza.
Trilla	Galopar en torno a una persona como una forma de honrarla.
Trutruka	Instrumento ritual, aerófono. Mide de tres a cuatro mtrs.

U

Ülmen	Jefe civil, mal llamado cacique por los españoles y chilenos.

W

Weke	Oveja americana, es posible que sea una variedad, extinta, de guanaco.